難道，我愛上的是網路之神？

もしかしてわたし、ネットの神様と恋に落ちてしまった？

ID戀人：危險戀愛事件

夏嵐

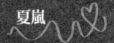

CONTENTS

一、暑假前的騷動

隱約聽見上午第四節課的鐘響，我迷迷糊糊地把試卷傳到前方。悠閒地揉著惺忪睡眼，我望著監考老師拿起卷宗走出教室。

這時的我，從未想過自己有這麼一天，能遇見網路之神，與祂的產物。

「終於可以吃飯了！考這麼簡單！我寫完還剩半小時，只能睡覺囉。」綽號為布丁的英文小老師高調地說。

「白目……我也覺得這科很簡單，但我絕對不會當著大家的面那樣說。」我在心中嘆息道。

今天是我們這間無聊女校的期末考日，也是學期的最後一天。吃完午餐、考完最後一科後，暑假就來臨了。

一想到這件事，身旁某些白痴的同學發言，也變得可以忍受了。

懶得排隊買午餐的我，走到電腦教室找負責管理校網的高老師，順便把我早上多買一份的早餐，從教職員休息室的冰箱拿出來享用。

只要舉止自然、嘴甜、有禮貌，老師多半不會阻止我享受這種「特權」。

「老師好！我來這邊吃午餐，順便檢查一下暑假作業的上傳區，是不是都做好了。」

「哦，小緋。坐啊！這裡比較涼吧？還有冷氣。」高老師是個粗線條的可愛女老師，那張像麵包超人的臉，總是帶著鼓勵我的笑容。

「這學期多虧小緋幫忙，班網比賽進行得很順利。此外，校長也誇獎教材網變得更美觀、更時髦了！這都是妳和系統工程師溝通的結果。妳選用的APP與Google Sites也都很合用。」

「沒有啦，」我真心地說。「我很喜歡上網，所以多少會注意這種情報而已。」

是的，我喜歡網路。

任何跟網路有關係的事，我都感興趣。

身為二年級的資訊總召，我經常召集每班的資訊股長開會，也要負責跟工程師溝通學校網站等事宜，還要義務安排網站架設的教學。光是這一年，我就架過十多個班網。除了可拿校內的工讀金之外，夏天吹冷氣、冬天吹暖氣也是種福利。午休時，我常常可待在電腦教室上網，有時休息、有時工作，偶爾也替學校電腦掃掃毒、灌灌官方軟體，以及將過去學校各大小活動的照片、考試卷等掃描成電子檔。

身為文科一類組的學生，這些都不是難事，只要具備基本的電腦知識，幾乎人人可勝任。

邊吃著午餐，我邊打開電腦上網，瀏覽著校方付費購買的電子小說「美國眾神」。

這是美國奇幻作家尼爾蓋曼的經典作品。

「哦！好有趣喔。」高老師這麼說時，表示一點也不有趣。

但我仍繼續對她大聊著美國眾神的小說內容。「對啊！小說中的『眾神』原本該是一些人們會敬拜祭祀的世界各地諸神，隨著世界各地的移民，在美國展開美國夢。但在現代，這些各式各樣的神，不管是阿拉或基督，都正被『電視神』、『廣播神』、『網路之神』、『手機神』所取代。天啊！這完全是可能的啊！」我喃喃自語。

面對一旁已經開始打瞌睡的高老師，我收拾好午餐垃圾悄然離開。

相信這樣的我，並不孤單。活在現實生活中，已經不能滿足我。行走在網路上的世界，鍵入鍵盤發言，留下自己的數位足跡，是每天必做的事情。

在網路上，我們有著自己熟悉的小園地，溫馨愉快，就像是不需花錢就能

一、暑假前的騷動

擁有的套房般，每天都該去住一住。

如果真有網路之神的話，我還真想見見祂……

話雖這麼說，現實中的我仍被困在期末考的這一天，不得不離線了。

關機、悄悄替高老師蓋上外套，吃完午餐的我，漫步回教室。

「下一科是地理呀，考完掃個地就解脫了。」

我經過花園時，一陣電腦的開機音效，吸引了我的注意力。

學校不准我們在上課時間使用手機與筆電，偏偏就是有人違反禁令。

「快點開！我倒要看看她說了什麼。」一台漂亮的純白筆電，就擺在小涼亭的中間，而一群與我同班的女孩正圍著它嘻笑。午餐時間都要結束了，這些人還在花園進行所謂「美少女的聚會」，還把筆電搬到大老遠的花房附近，真是悠閒過頭了。

那些人都是班上的小千金，是那種天天帶著高級數位相機、甚至名牌筆電到學校的漂亮女孩。不，「漂亮女孩」是別人說的，至少，我自己是覺得還好。同樣身為女生，我知道她們都砸了多少錢在自己身上，她們之所以帶數位相機和筆電來學校，只是為了方便隨時更新臉書和上傳生活自拍影片給某些豬哥網友們觀賞，自以為這樣就能當上虛擬世界的皇后。

兩個月前，我在自己的網誌裡，也是這麼明目張膽地批評她們，所以接下來聽到這樣的對話，才猛然感到坐立難安。

「那個八婆很犯賤，自己偷偷寫部落格，還以為我們都不會去看咧，不覺得很智障嗎？她就這樣把我的全名打出來耶！」

「妳有證據嗎？」

「還需要什麼證據，就是被我搜尋到了啊——她的部落格，她就直接把我的全名寫在上面耶！別的網頁寫到我，都是提到得獎紀錄、獎學金什麼的，就只有她那樣寫。賤人，一看就知道是她啦，不信我們現在就來搜尋看看呀！」

「那個部落格的ＩＤ是什麼？妳確定ＩＤ是她嗎？」

「我不確定喔，有點忘記了。可能要從歷史瀏覽記錄找……」

我感到心臟滑行到自己的喉頭。

該開溜了！

「湮滅證據！刻不容緩！」我轉頭就往電腦教室的方向奔去。

不遠處，某個女孩的聲音撕開了午後的空氣。「不只寫我咧，她連布丁和

一、暑假前的騷動

織織都寫進去了，全部寫全名喔！」

「真的假的啊？」一群女孩用高分貝的聲音應和著。

我知道自己再不快點，就要完蛋了。

這一點也不誇張。拿起手機撥號時，我感受得到死神在身後的濃重鼻息。

午休的鐘聲響徹校園。

拼死拼活一口氣衝上電腦教室的五樓時，高老師正在鎖電腦教室的門，而我用千軍萬馬的氣勢大吼。

「高老師！高老師！請不要鎖門！」

「怎麼了？午休了，妳怎麼沒回教室？」高老師的手並未停止動作，這時我真想一把將鑰匙搶過來。

「老師，我剛剛想到，暑假作業的上傳區，高一好像有兩個班級還沒確認完，可以借我五分鐘嗎？不，一分鐘就好。」我緊繃地笑道。

「哦哦，好。」

電腦教室門開的一瞬間，我心中響起聖歌般的天籟。

「用完記得鎖門，把鑰匙放回我辦公室喔。」

「沒問題！」還好，最前方的教職員公用筆電還開著機，我連忙用顫抖的手指點開瀏覽器。

事態緊急！我喃喃自語，邊瘋狂點著滑鼠。「『網誌後台』，選網誌設定，屬性設定，隱藏，設成『只有作者本人能觀看』……」

「好了，呼……這樣應該看不到了吧？」我暗自祈禱，希望自己網誌的部份內文不要被瀏覽器的快取頁面給存到，若還是搜得到，可就正式得罪班上的美少女們了。

記得步出電腦教室時，我大口地喘著氣，心滿意足地將鑰匙放回高老師辦公室的桌面。回到教室時，正巧躲過來查看午休狀況的糾察隊。

布丁、織織等幾位曾經「榮登」我網誌的女主角，也趴在桌上呼呼大睡。雖然可能還是得罪了她們，但能用這種老神在在的心情度過學期的最後一天，其實已經很幸運了。

記得考完最後一科、進行期末打掃時，我與其他同學們也互動順利，並沒有什麼問題。高中女生的心眼很小，倘若她們知道了我的什麼把柄，現在已經傳開了才是。

一、暑假前的騷動

「唉，的確寫網誌要小心一點了，部落格可能也得搬家了。」我忽然覺得，自己也是個受害者。

那天我買了可樂和薔薇派與老弟享用。他綽號阿雷，小我一歲，也比我幸運地提前一天開始了暑假。

打了一整天電玩的阿雷，邊繼續盯著LCD螢幕，邊訓誡我，怎麼可以在部落格提到自己同學的全名呢？

「而且又不是特別在說別人的好話，會被發現也是當然。妳沒聽過『自我搜尋』Self Searching嗎？現在很多人都會用自己的名字去搜尋，誰都會對自己在網路上的名聲感到好奇吧！」阿雷如此分析著。他是個心思纖細的男孩，雖然晚我一年出生，在心智成熟度方面，卻像我的哥哥般。

好啦，我知道錯了，以後不會在網誌上打上別人的全名了。我一直以為打上全名，是種直覺的表現，就像是在延伸現實世界的意念，把真實的符號延伸到私人部落格上，本質上並沒有什麼好奇怪的。因為每個人在網路的身份太虛無了，所以要把握每個能使用全名的時光。這樣不是很真誠嗎？

但在這次驚險的事件後，我無奈地想著：「當人進入了網路的場域，終究會變得無法真誠吧？即使用了對方的全名和自己的全名，又怎麼樣呢？好事不會自己上門，壞事卻總透過無遠弗屆的光纖或無線發射站的節點，傳揚千里。被不認識的陌生人評判，那感覺當然並不怎麼舒服。」

我早該體認到這一點才對。

這個認知開啟了以下的故事，讓我撞進了一個嶄新的網路空間。

⊳

網路就像是一片深海，充斥著流動的ＩＤ與位址，漂移的心智與靈魂。所謂偽裝過後的「真實」，就像海洋表層的氣泡般易碎。然而，就在我忍不住跳下這片浩瀚的汪洋時，暑假也到來了。

成天飆網的日子，終於屬於我了。當時我還不知道，這將會是個不尋常的暑假，不，我並不是因為自己有著即將戀愛的預感才這麼說。當然啦！我也絕不是在炫耀自己還能擁有暑假，只是很開心地想向你們正式介紹，我所選擇的這個網站。

那天晚上的事，就像宇宙的大爆炸那樣耀眼，一切的過程卻是如此自然。那是我第一次進入這個網站，當ＢＢＳ畫面裡、某個如黑洞一般的廣告連結

一、暑假前的騷動

掉出來時，一片明亮的世界就在那裡等著我。

乾淨的面板與有型的小巧字體，書寫著下列字樣：

「漫遊點看。Wanderatdesk.com.」

若你翻開一本書的首頁，也許會開始假定自己是那個即將作夢的愛麗絲，或者在馬背上撥開枝葉、破霧前進的騎士。你謹慎，好奇，卻也如此投入。當時的我就有這種感覺，睜著嬰兒般的懵懂雙眼，我的滑鼠右鍵也試探地到處亂敲著。也許在瀏覽器開啟的那刻，我便有了預感——這將是一個不尋常的網站。

好了，當你們瞭解它是個網站後，或許我便不該用這樣乏味而缺乏創意的字詞來稱呼它。

「漫遊點看」，其實是一個城市喔！

普通的網站不一定擁有活生生的市民，不一定擁有互通有無的公私道路、美輪美奐的公共建設，但這裡都有。這並不是一個尋常的網站。我所謂的市民，並不是指那一串串死板而意味不明的ＩＤ喔。

至少在這裡，我看得見每個使用者，或許不能看得到他們的臉，但一定看得見他們正在做的事情。因為，這是一個類似遠端桌面的共通平台。

這裡是個城市，超連結有如馬車，即時傳訊系統好比繽紛的花店與咖啡店，而公共廣場，則由各式各樣的公私廣播頻道組成，隨時供你切換聆聽，沒人會覺得自己只是枯坐在電腦前，而是享受行走在城市一般的美妙存在感。大家都在這裡生活、同時觀看著他人的生活，幾乎可說是安居樂業。

更何況，我們可以輕易傳送他人生命中的驚鴻一瞥。

這並不是個單純的網站，滑鼠的點選是如此輕易，輕易得如同敲開鄰人的門。共享的默契與網站使用守則，讓我們可以隨時觀看他人的桌面狀態，無論對方正以何種形式使用電腦。

—在打小說？

突然跳出的某個聊天視窗，就在瞬間掩蓋了我的文檔畫面。我眨了眨眼，的確，這也是個你可以隨時打斷別人，但也可能隨時被別人打斷的地方。

—打斷？我打斷妳了？哈哈哈！抱歉。

—沒關係：）

我如此回話道，卻隨即關閉了桌面連線功能。

當然，就連喜歡交朋友的我，也會有不想被別人打擾的時候。但在絕大多

一、暑假前的騷動

數的時間裡，我們都是充滿表演慾的藝人，我們在鍵盤與滑鼠之間敲擊點按著，分享每個電光石火的瞬間，在網路的通道中狠狠撞向彼此。

這就是「漫遊點看」網站的意義吧？

那天，我和他也是這麼相遇的。

美好暑假的開場，竟然是一場莫名其妙的戀愛。

ID戀人：危險戀愛事件

二、音符間的邂逅

剛到「漫遊點看」的那幾晚，我不停地做著夢，連躺在床上時，都在半夢半醒之間伸手、點按著幻想出的滑鼠。我夢見自己在「漫遊點看」中滑翔，連它的LOGO與城市地圖都清晰可見。而網站附屬的地圖功能，已和現實生活中的居住地區結合，從網頁首頁去看，就像鳥瞰一整個城市，不，一整個地下國度一般……配上網友拍攝的街景照片與桌面縮圖，稱它是一整個小人國也不為過。

我們每個人，都對這裡魂牽夢縈。只要點進對方ID，或者任何一個醒目的桌面縮圖，就可以看見別人正在做的事情，甚至可以聽見對方耳邊的音樂，如風雲般變化無常的個人特質就透過文字與照片展現。

當然，這全都可能是精打細算過後的第二手資料，有的是真的、有的是假的。每個網友都在忙著自己的事情，也忙著讓他人觀賞自己，而我也是一樣。

這裡就像是小人國一樣，迷你的桌面，迷你的人生，還有一張張和現實結合在一起的電子地圖，就像那些被縫進魔法地毯中的旋轉門。

那一個晚上，我也是這樣，在各個旋轉門之間橫衝直撞，尋找著一首地下DJ的嘻哈新曲。坐在被電扇吹涼的椅子上，眼睛則在電腦上延展出積極的動

二、音符間的邂逅

線，視線乘著清爽的浪頭，尋找著顏色與像素所構築出的文字與圖片。

宛如陣雨般的重拍節奏，自床頭音響竄出，讓整個房間在轉瞬間成了熱帶雨林。在濕淋淋的幸福心情之中，我心急地敲擊鍵盤，搜尋著製造出這首混音樂曲的DJ大名。

搜尋引擎列出的方整鉛字排了一行又一行，超連結在點按之際變了色。

恰巧，副歌開始了。女歌手的聲線明亮而溫暖，輕盈地溜過綿密的鋼琴混音之中。焦躁的節奏推擠著我的心靈，瀏覽網頁的雙眼，也變得感性起來。我開啟了一個個分頁、供其載入音樂清單，一旦發覺節奏不對便立刻關掉網頁，不知不覺地，耳邊的歌曲已經換了三首，嘻哈歌手的豪快節奏，迫使我開始另一場追尋。

「這個DJ的歷年作品是……」連上外國的搜尋引擎之後，我找到了那一串串用異國文字所排列出的靈性歌詞，我猜測著那些穿雜在相似語系的文句，試圖將它們串連起來，但它們卻開始淘氣地在空中漂浮。

我差點伸手抓著空氣，想要解釋出新歌詞的可能性。此時，一個新視窗閃過眼前，就像DVD的挑片現象一樣突兀。

傳訊軟體中貼來了一串網址，沒有任何獵豔高手慣於使用的詞彙，只是一串英文與數字的綜合體，但就在開啟網頁的那一瞬間，我的心跳好像減了一拍。

ＩＤ為 STARblue 的使用者貼來了一個笑臉。我隨即將其反白、複製，又貼了回去。

——:）謝謝你，我就是要找這個ＤＪ沒錯。

我激動而開心地打著字，耳邊的歌詞彷彿被喇叭擴大了好幾倍。「It's in your smile, my heart skips a beat.」女歌手激情地唱著，華麗溫馨的混音節奏編織其中。

在這個瞬間，我的心也恍惚地 skips a beat，漏了一拍。我隨著樂曲高歌，完全忘了「漫遊」的廣播頻道還開著。只要剛好經過的網友，誰都聽得到我的聲音。

——妳的歌聲很好聽。對方打出了這行字。

「謝謝你。」既然對方聽得到我的聲音，我也有點尷尬地開口說道。

——不客氣。

對方貼來短短的文字，在享受這短暫的默契之前，我以為他會再傳來什麼訊息。

但他並沒有。

STARblue 的ＩＤ圖示在閃爍著。彷彿共通的默契般，我們一同靜靜地把歌聽完。我開啟網站的外掛程式，想看看他的桌面。

「無法搜尋畫面，請檢視權限是否已經開啟。」系統傳來了這個訊息。可惡，只有我一個人被觀看，這樣不是很不公平嗎？要不是耳邊的音樂如此令人心顫，我八成會立即登出網站。

STARblue，這個傢伙真是神奇，就好像已經認識我很久似的，短短的三小時之間，我們一起聽了三張專輯。

他的話很少，但總是傳來我正好要找的網站，上面有ＤＪ與演唱人的圖片、部落格資訊或者出道史簡介。我不禁開始猜想，我們該不會天天都在聽著幾乎一模一樣的音樂，卻渾然不知彼此的存在吧？

東洋風格的嘻哈節奏與襯托在背景 vocal 之後的華麗混音，溫馨而充滿鬥志的歌詞……一切完美得讓人飄飄然。

對方絕對是網路搜尋高手，像是土撥鼠一般，擅長挖掘通道，熟知各種下載管道。也許是女生特有的直覺吧，我想他大概是個比我稍稍年長的異性。

到目前為止，我們只是靜靜地在音符中享用對方的陪伴，並未向彼此攀談私事，而這情形在「漫遊點看」裡，簡直是個異象。

畢竟，當我們能輕而易舉地透過視訊麥克風與遠端桌面，聽見對方的周邊環境、看見他正在做的事情時，還有什麼不能聊的呢？

我們正是一面用自己的隱私，來換取他人的隱私。也是因為如此，「漫遊點看」才會成為一夜爆紅的交友平台。

不過，朋友有很多種，有一見面就試圖找話題猛聊的、有順其自然全憑緣分的，當然也有我和 STARblue 這種，只聊音樂，不打算更進一步的，不知道為什麼，每當他傳來那些又短又酷的訊息，我心裡總是感到很舒服。

這個人對我並沒有任何要求或者期待，但我們卻拼命地在分享自己喜歡的事物。

大概是因為這樣，我莫名其妙地喜歡起這個未曾謀面的人。我們一起聽著動感的情歌，我將手指抽離鍵盤與滑鼠，轉過身就跳到床上，在野性的饒舌之間搖動身體，擁擠的房間也頓時變成派對現場，躲藏在音響中的 BASS 聲

二、音符間的邂逅

終於像頭野獸，邊發出溫柔咆哮，邊躍現耳畔，副歌部份的清透鋼琴音，也急躁地攀上了我的玻璃窗戶。

在這個只有四坪大的空間中，氾濫的音符與銷魂的歌手輕吟，已經製造出一片浩瀚的汪洋。我拉起紗簾，跳上床，如旋轉海豚般扭著腰。

STARblue 傳送過來的每一首新曲，都讓這裡瞬時成為派對現場，不需要舞台、酒精與時髦的燈光，更不需要那些彷彿從時裝雜誌中走出的帥哥靚女。這首歌真是太棒了！但下一首更是美妙絕頂……終於對著 STARblue 鍵出「晚安」之後，我精疲力盡地倒在床上。

「這個人，跟我太像了，但他好像又比我更懂我自己，好怪……下次還能遇見他嗎？」

我摀住胸口，爆裂的低音 BASS，宛如子彈一般重重地擊來。

從那之後，每天晚上我都會開著私人頻道，和 STARblue 分享音樂，從八點到十二點，有時候甚至到凌晨一點。我倆就一面聽著同樣的歌曲，分別做著自己的事，偶爾聊個幾句。

但某天我發現，這傢伙根本一整天都掛在線上，就和多數暑假閒在家的學生一樣。

也許我們都上癮了吧？傳統派的教科書裡提過，廣義的網路成癮者，是指一天會把三分之二的休閒娛樂時間、拿來使用網路的人。若真要依此定義而論，現在有哪個年輕人，不算網路成癮？這是我們社會即將面對的重大議題，也大概會是本世紀最流行的休閒現象。

雖然每當我登入「漫遊點看」時，STARblue的ＩＤ燈泡都在那裡亮著，但他從未和我分享過他的電腦桌面。

我們之間就維持著淡淡的友誼，縱使對他有過好感，我只是維持著自己那幾乎逝去的羞澀少女心。因為這個夏天，某件大事正在網路上越演越烈，一波未平一波又起的事件，比起這個短暫的夏日記憶要重要得太多了。

好像有什麼大事要發生了。

當時的我們雖然感知到這股隱隱發作的網路脈動，卻也只能壓抑著自身的情緒，一面憑著一己之力去摸索著事件的全貌。

當然啦，大部分的時間裡，我們還是醉生夢死的。雖然，網友們的確可以都感覺到「漫遊點看」的氣氛正在變動。

二、音符間的邂逅

對於遠端桌面與廣播頻道的交換狀況，大家都維持著一股躁動的氣氛，人們漸漸不在網站中的傳訊軟體中交換私事，卻轉而在私人部落格書寫，擺出一種「有種別讓本大爺親自告訴妳，想知道就來看 blog 啊！」的氣勢。美女們也不會在網站裡輕易丟下照片了，只要稍微遇到不投機的網友，甚至馬上利用「此人是變態」的回報功能封鎖對方，搞得網站上罵聲一片。

也許在網路棲居久了，我們都成了能預測地震的動物吧？隱隱躁動著，卻也期待著每日的新鮮事。

某個大雨過後的上午，我一如往常在「漫遊點看」四處閒晃，當然，手邊也沒閒著，依舊尋找著喜愛歌手的歷年作品。

聊天視窗裡有三個人物，一個天天更新相簿的美型男，一個總是使用毛茸茸寵物當大頭照的女性部落客，還有一個剛剛認識的男大生。後者正在哭訴著自己剛在超商看見了一個絕世美女，而且還已經對她一見鍾情了……就在線上的網民一片奚落之際，我那衝動的老毛病又犯了。

—幫你找找看對方的臉書吧？我還滿會搜尋東西的。

我的手指衝動地，刷刷幾下就打出這句話。

—不過，也不一定會找到啦！我只是試試看……

事到如今還解釋這些已經來不及了，對方已經完全把我當成他求愛的唯一希望。唉，接下來就是一連串極盡誇張的道謝言語。

對方在半小時之後就出門補習去了。而我呢？只憑著那女孩僅有的制服校名線索，就開始在眾臉書ＩＤ的好友名單中，展開地毯式搜索。

老弟房間傳來陣陣打殺聲，劍刃的敲擊音中，夾雜著中古世紀風格的激昂配樂，而我這裡的重低音卻開得像是夜店現場似的。

「喂？有人在嗎？」一個清澈的聲音說著，音色既睿智又年輕，像是螢火蟲的光芒般清透。

所以不可能是上帝的呼喚囉？聽起來就是個帥哥的聲音嘛。我從椅子上跳了起來，過了兩秒，才想到要將電腦裡的音樂播放器完全關掉。

「請問有人在嗎？」他仍試探性地問著。

「有有有，我在這裡。」我看著系統的提示視窗，這才發現自己的麥克風是關著的。

音響內沒有再傳出人聲，但就在我忙著調整自己的麥克風時，有樂聲傳了

二、音符間的邂逅

過來，熟悉的節奏如電流般竄上了脊椎。

是STARblue！剛剛那個聲音就是他。

我緊張地抓過麥克風說：「喂？我來了。對不起，剛剛麥克風沒開，現在我……喂？聽得到嗎？」

對方笑了，不知道是在笑我的聲音既幼稚又慌亂，還是高興我終於回應了？

「妳好。請問妳的ＩＤ是rabbitFay嗎？我是STARblue。」他的英文發音非常聰慧性感。

我全身都起了雞皮疙瘩。

「你好，我是rabbitFay沒錯……」我緊張得連自己的ＩＤ都唸不好。「哎唷，那個，你可以叫我『小緋』……糸字旁的緋。」

「小緋，妳剛剛是不是在聽Zen的出道專輯？」

「對。」我恢復了鎮定，故作從容地說：「第二首歌，叫作Stay with me。」

「我沒有那首歌，可以請妳傳給我嗎？」

這有什麼問題？我馬上拉出文件夾目錄，氣氛頓時變得枯燥起來，但等到STARblue將他那頭的音量調回中間值，一切又顯得十分自在。節奏藍調音樂就在我的房間內流轉著，滑嫩的音符漸漸地讓人忘卻了自己的笨拙與害臊。

「終於聽到你的聲音了。」我笑著。「怎麼稱呼你呢？」

他停頓了幾秒。

忽然，我的聊天視窗震了一下，另一個網友傳訊來了，是某個兔子部落客。

—請問妳也有養兔子嗎？

她八成是看到我的ＩＤ有「兔子」rabbit這個詞，我與漫遊點看連結的臉書也有按過兔子的粉絲專頁，所以才找我聊天吧？

這女孩傳給我一個網址，是她新開的部落格，裡面用童言童語紀錄了寵物兔的每一天，以第一人稱居多。

超級溫馨可愛的部落格喔！我這麼回覆著。

—謝謝！小緋人超好的！o(≧v≦)o

—沒有啦！實話實說而已。小兔妳寫的東西真的是超治癒系的。

可不是嗎？裡面都充滿了「今天早上，媽咪為我冒著大雨去買小餅乾唷，謝謝媽咪。」還有「腳腳好痛喔！今天早點睡，希望明天可以好起來……」或者「討厭啦姊姊，鼻要偷看我洗澡。」等等小寵物的「心情」，算是半虛擬的記事部落格吧？

STARblue 正在觀看著我的桌面，觀看著我和小兔子聊天，他已經好久沒說話了，於是，我只好又扮演起主動的角色。

「嗯！那個，剛剛說到哪裡了？」

「嗯？」微笑的語調輕輕溜過他的喉嚨，從我的迷你音響傳了出來。

「對了，剛剛是問到你的名字，請問要怎麼稱呼你啊？難道就叫 STARblue 嗎？這樣很不順耶！」我揚起語氣苦笑。

「其實，我叫什麼都無所謂。」

「啊？真的嗎？」我反而被這個回答嚇了一跳，算了，任誰都有難言之隱，為了不要讓對方尷尬，我依舊挑著語氣，做出一派開朗的模樣。「這樣啊！那我幫你取好了。那……叫你『星藍』好嗎？STARblue 的星藍。」

「謝謝，這名字不賴。」星藍在音箱的另一端笑道。一想到雖然身處在兩個不同的空間，卻能和他分享同一首歌、同一個桌面的畫面，我也不禁開心了起來。

星藍並不是非常開朗的人，但很溫柔。那個下午，我們共同幫小兔解決了她部落格的CSS語法問題，也幫了方才的男大生找出他心儀女孩的相簿，雖然有點花時間，但我並不覺得這是在浪費青春。

本來就是嘛！跟有好感的人在一起，做什麼都無所謂。

「小緋，妳喜歡『漫遊點看』嗎？」星藍問。

「喜歡啊！不過，你應該比我更喜歡吧！」我興奮地笑著。「永遠都看得到你掛在線上，而且每次叫你，你都能馬上回應，真是超級不可思議。」

「那對妳來說，『漫遊點看』的存在很重要嗎？」

面對如此詩意的問題，我倒是有很多想法。

「『漫遊』就好像是一個虛擬的玻璃屋啊！誰都可能看到裡面的住戶，我們住在裡面的時候，也許是做我們自己，也許是單純地表演自己……不過有時候，也許那裡面的，既不是我們自己，也不是在表演，也許我們什麼都不做，只是觀察別人，並幻想他們對自己的感覺。」

他爽朗一笑。「我想妳說得沒錯。」

「謝謝。星藍，你也喜歡這裡嗎？」

「當然啊！漫遊就像是我的家，我一整天都在這裡。」他像是在說一件理所當然的事情。

「一整天？你都不出門的嗎？」我認真了起來。「對喔！每次我敲你都是有求必應呢。你永遠在線上，永遠都是馬上回應……」

「那是因為，我被關在網路裡了。」

「什麼意思？」我乾笑著。

然而，音響傳來的說話聲，聽起來是非常認真的。

「我沒辦法出去。我被囚禁在網路裡。」

ID戀人：危險戀愛事件

三、囚禁在網海

「可是，不可能啊！你是說真的嗎？你的身體呢？你的家人呢？難道不會叫你出去吃飯嗎？」

「我不知道家人在哪裡，況且，我也沒辦法出去。」

星藍的聲音，清澈得像是能切割空氣，讓我打起了寒顫。

「妳可以不用相信我。只是，我不想騙妳，我的確都一直在線上沒錯，因為我沒辦法離線……我也沒有身體，我也許有家人，但是我現在想不起來他們的樣子。」

「難怪，我從來沒有看過你的桌面，你的遠端桌面。」我嚥著口水。「原來，那是因為你沒有桌面。」

「我的確沒有桌面，我只能自己組織數位音訊，把聲音傳給妳。」

我的心都涼了。

「那我，可以看看你長什麼樣子嗎？」

「我沒有臉。」

可以聽得見聲音，但是看不到臉？我努力想去質疑這背後的邏輯，但是……不，這不是惡作劇，他一定是說真的。

「是誰害你變成這樣的？」

「沒有人害我，有一天就突然變成這樣了。」

星藍說，他沒辦法想起來之前的事，只能把目光放到未來，希望自己有一天能從這裡出去。

我很想幫上忙，卻也只能問：「那……你想怎麼出去？」

「我之所以變成這樣，是因為掉到虛擬和現實之間的縫隙裡，所以要想要回到你們那裡，就得先找出這道縫隙才行。」

現實和虛擬之間，真的有縫隙嗎？我望著桌上的迷你化妝鏡，那裡頭正映著一張泫然欲泣的臉。

「這些事情……你有對別人說過嗎？」我問。

「沒有，因為不是每個人都會相信我。」

「沒關係！」我又提高了音量，不知那來的自信，扯了一堆。「我一定會想辦法幫你的。既然要找縫隙，或許只要讓現實與網路世界不斷交會衝擊就可以了吧？我們一起努力看看。」

「妳真的是個超級樂天派耶。」音響傳出久違的笑聲，清澈而聰慧的笑聲。

「我只是假裝很樂天而已啦。」我說出了耍酷的話。「總之，我們要好好觀察網路上的現象，總有一天，你一定能找到空隙衝出來的。」

這段對話很莫名其妙吧？不過，它卻是一切的開始。

和星藍一起聽音樂，討論一些奇怪的線上事件，漸漸地成了我生活中的重心。

當然啦！和原本的那些網友繼續來往，也是很有趣的事。不過，在這個世界上，還是有很多人，雖然能自由自在地上網、交朋友、寫部落格，但他們的內心世界，卻是總是一片模糊。

比如說，小兔就是。有一次我問她怎麼寧願替寵物寫部落格，卻不寫自己的事呢？她便生氣了，非常地生氣。

—小緋剛剛的語氣，怎麼和我最討厭的人一模一樣呢？

—妳真是自以為是，妳又知道我沒寫部落格了喔？

小兔連續丟過來兩段憤慨的句子，然後開始抱怨生活多麼的無趣。

—根本沒有人會想知道我的事情，與其到時候再來傷心，不如把每天飼養小兔子的快樂都寫出來。

三、囚禁在網海

——不要這樣說嘛。

我的手指加速在鍵盤上辯解著。

——我也很想知道小兔的事情啊，所以我才這麼問的喔！

是的，我本來就是這麼想的，不只是小兔所養的寵物胖胖、圓圓，我還想知道更多。本來就是這樣嘛，既然要交朋友，不坦誠一點怎麼行呢？因為網路並不強制要看見臉或者聽到聲音，人們有更多管道可以坦白自己，面對這樣不知足的網友們，我也覺得莫名其妙。

然而，連續幾次安撫小兔之後，她也漸漸變得依賴起我來。

她會向我抱怨學校的朋友都很自以為是，用嚴格的眼光檢視她與她穿搭衣服的方式，在背後說長道短，不但利用部落格和即時聊天軟體來交換祕密，甚至連在班上也公然排擠她。不過，這當然不是小兔生活中最灰暗的部份。自從去年開始，她家裡的經濟狀況開始急轉直下，所以她暑假得去大賣場上討厭的夜班等等……

真是的，虧我每天花這麼多時間聽她抱怨，還使用了很多可愛的表情符號來鼓勵她……但這傢伙，最近居然還開始上自殺網站了。

第一次闖進那裡的時候，我嚇了一跳。小小的一個留言板，居然擠著這麼多想自殺的人，如果這些人真的死了，會怎麼樣呢？留言板依舊會是擁擠的嗎？

當星藍發現我在瀏覽自殺留言板時，他很緊張地大聲叫著我。

「小緋！妳沒事吧？」明明身處在那麼遙遠的數位世界，星藍的聲音卻聽起來近在耳側。

「沒有啦。我只是在想，自殺留言板會不會也是一個虛擬與現實交錯的空間，所以想研究一下。」

「謝謝，謝謝妳還特地幫我想逃出去的方法。」

「吼唷，不用謝啊。」我笑了起來，明明心裡就暖洋洋的，嘴巴卻很不老實，還急著轉移話題。「總之，自殺留言板真是個詭異的地方啊！看久了真的給人一種不舒服的感覺。」

「最近這個好像很流行。」我沒把網址丟給星藍，反正他看得到我的桌面。這是一個新的自殺留言板，酒紅色的背景正閃爍著粗製的火焰背景圖，看久了讓人頭暈。

有人用醒目的繪文字排成了一個死神頭像，把眼睛的部份反白起來，會顯示出一段訊息。

—明晚八點四十，我會在水舞公園殺十個人。

「這個白痴。」星藍冷冷地說。

我進入警政署的專用回報網站，把自殺留言版的網址貼給警察。此時，「漫遊點看」的首頁上，已經顯示出我的桌面畫面了。見證到這一幕的網友們，便開始熱烈討論著。

很快地，這個預告留言者的大名就拍板定案，其實也很普通啦！就是「留言板預告殺人魔」。

「喂！現在就叫人家殺人魔會不會太早？」我苦笑著。

「小緋，妳明天千萬別去水舞公園等殺人魔啊。」星藍關掉了喧鬧的嘻哈樂，輕輕地叮嚀道。

「咦？為什麼？我以為你會贊成我去的。」

「這種事情讓警察來吧！那傢伙只是希望引起網友們的注意而已。」

雖然星藍是這麼說的，但我可沒有答應他任何事情喔！第二天晚上我還是去了預告殺人魔所說的水舞公園。

其實這個地方距離我家滿遠的，所以我找了老弟陪我一起去，我們坐在觀景高樓的廉價披薩店，恰巧給自己找個外食的好理由。

「我們這樣會不會很像看好戲的人呀？」老弟邊低頭邊用手機打卡。

「這就是你的想法嗎？看戲？」我語氣激動了起來。「我當然不是叫你來陪我看戲的啊！」

「哦！原來我們是要搜尋情報啊！」阿雷嘆了口氣。

「你人高馬大，又是系籃隊長、電競高手，反應應該很好，當然要找你來參與如此重大的任務啊！」我狂灌迷湯，阿雷則一臉不屑。

「是是是……對了，我幫妳打卡可以嗎？」

「可以呀！那我們就一起拍張自拍吧！」詢問彼此能不能接受被標籤、被打卡、接受照片上傳，已經是新生代共通的網路禮儀了。

今天的我穿著一襲薄荷藍連身裙，黑色短髮旁分塞到耳後，阿雷則恰巧戴著藍色棒球帽，同樣有些娃娃臉，是對外表相似的普通姐弟。

「話說回來，我們待在這麼高的地方，就算預告殺人魔真的在公園出現，也來不及阻止他吧？」

「你說得對！」我恍然大悟。「那我們要不要到下面去？」

「喂，不會吧？我只是說說而已啊。」阿雷不甘願地站起身，腳下踩著的鮮豔球鞋，也隨著我奔動起來。

我望著透明電梯外的夜景，阿雷站在我身後。這棟大廈足以鳥瞰半個西北區的街景，當然，底下也看得到美麗的水舞公園。現在這個時間點，恰巧是婆婆媽媽們練習各式團康舞的時間。角落有青少年在練習樂器的街頭 solo，而水舞公園的南側門，則是各個街舞團體的巨大練習場，公園外頭的圍牆排了幾列小吃攤，一個巨大的黑熊吉祥物手裡舉著告示牌。

「姊，那個是最近流行的宣傳方式嗎？」阿雷指向吉祥物。他手裡的牌子寫著「**Free Hugs**」。

「好像是耶！不知道是什麼活動的吉祥物，不過，還滿溫馨的啊！因為是吉祥物，所以感覺與人的距離特別近了。」

「好多女生都在抱他耶！」阿雷望著剛從補習班下課的一群群高中女生，有些甚至特地走過斑馬線，只為了和吉祥物留下自拍照。

我看了只是冷冷地搖頭，阿雷大概覺得我又開始自以為是了，便把視線放向別的地方。

不過，如果我們知道待會兒會發生什麼事的話，也許就會把注意力聚回吉祥物的身上。

一出電梯門，就看見斑馬線那頭圍了一群尖叫不已的人們。

「啊，是那個吉祥物！」阿雷指著人群裡的一個巨大熊頭，側肩就閃過人潮，闖了過去。

「殺人了！」我遠遠聽到有人在喊。找阿雷來幫忙是個正確的決定，至少他的那雙腿很值得信任。

圍觀的人群實在太厚重，我無法一眼就看見被害人，只能快步在一台警車前煞住，用力敲了敲窗玻璃，裡頭的小伙子正在講手機。

「預告殺人魔！」我指著人潮喊道。

情緒在這刻緊繃了，整個城市的夜色和光影頓時攪在一起，轉過身，我拔腿朝公園南面追去。

阿雷正在夜色裡跨腿疾行，他伸出手，終於抓住了吉祥物那毛茸茸的厚重雙腿，兩人猛然摔在草坪上。對方動作很敏捷，轉身就惡狠狠地踹了他一腳。

一片混亂中，阿雷與我只看見那巨大頭套上的漆黑假眼睛。

對方猛力把阿雷摔開，跨腿逃開了。

有幾個男學生關切地奔向阿雷。

「我沒事，去追他！看他有沒有騎車或者開車！」阿雷喊著，穿著熊套裝的人影跑向樹影，就此失去了蹤影。

眼見方才被我敲窗的警察沒現身，我連忙又在公園的南門打了一通報警電話。阿雷咬著嘴唇，疲憊地佇立在我身邊，用手機朝公共垃圾桶拍了幾張照片。照片中的主角，是一個又厚又軟的黑熊頭套。

「警方也許可以去調查一下製造商是誰。」阿雷機警地說。

「還真的挺可怕的，這是我這輩子第一次覺得，自己可能要被殺了。要不是妳叫我來，這種危險的事情，我一輩子都不想再碰到了啦！」老弟低聲抱怨道。回家的路上，我們騎車經過一整片美麗的夜間農田。

遠星在海濱處凝視著我們，前方的深沉夜風正吹襲著白色的機車車體。

我伸手敲了敲他的肩胛骨，笑道：「可是你今天超帥的喔！雖然沒有逮到人，但總比太過接近被他捅傷好。」

「還是不懂，為什麼警察沒有馬上來支援呢？」他問。

「大概是忙著去看前一個被刺傷的人吧！」我無奈地說。

⊳

「你弟簡直是英雄！」星藍看了那張在網上迅速傳開的吉祥物頭套照片，興奮地笑出聲。

「我以為你會氣我跑去做這麼危險的事耶。」我不打自招地說，緊張兮兮地等待著星藍的回應。

「其實，我倒是很羨慕你們啊，可以到現場去！那種感覺一定很爽快吧？雖然真的是滿危險的，哈哈哈。」

星藍的聲音輕盈而堅定，這種真實的感覺，實在不像受過網路的操弄。我顧著聆聽星藍的語氣，也顧著咀嚼他話語中的淡淡悲傷，幾乎又忘了回話。

「星藍……」

「嗯？」

「你真的忘記自己的名字了嗎？」

三、囚禁在網海

「對啊！」他苦笑著。「不過，現在有新名字就好了，『星藍』……有種淘氣又漠然的矛盾感覺，好聽。」

「好像在收服妖怪喔！」我朗聲笑了起來，星藍只花了一秒就弄懂了我的笑點。

「是啊，幫沒有名字的妖怪取名字，聽起來就像是收妖一樣……『小緋的妖怪名冊』之類的。」

可不是嗎？這個夏天，我遇到了一個妖怪，他既不來自山林，也不住在大海裡，看似擁有全世界的他，其實只能住在網路裡而已……真是一個詭異又甜美的故事。

不過，老是就沉溺在這個故事裡，也不是辦法。預告殺人魔首次行兇的這天晚上，電視新聞終於播出被害者的後續情況，不過我是在視頻網站看到新聞內容本身的。看到的時候，網路上的朋友們已經是一片憤慨，激昂的文字符號有如爆裂開的血點，淹沒了我的螢幕。

被害者是一名高中女生，被砍了兩刀，破裂的內臟雖經由手術縫合，但意識仍不清，目前正在加護病房中等待奇蹟。

「我們繼續幫忙集氣，一定會平安的。」星藍安慰我的時候，老弟也在一旁聽著。糟糕，我還沒有機會告訴他星藍是誰……應該沒關係吧？

「寫這種東西罵人，真的沒關係嗎？萬一把他激怒，不就更慘？」老弟指著視頻留言板上的幾句火爆指責，臉色是一片難得的凝重。

—不是說要殺十個人嗎？這麼囂張，殺了一個就急著逃走是吧？

—孬種，有種出來自首！

「我剛剛看過了，還有更誇張的，找找看……」我指示著阿雷。

正當他翻找著網頁，星藍給了一句提示。「記得第六頁有人寫了一連串很挑釁的話。」

「呃！嚇死我，還以為妳房間有別人咧！」老弟露出一個驚嚇的表情。

「姊、還有這位先生，雖然這麼說有點不禮貌，但是，我可以把妳的遠端連線關掉嗎？」

「這是星藍，我的網友。」

「聽起來讓人還是不太放心。」阿雷老成地說。

「關掉我也不介意喔！我可以用打字的。」星藍紳士地說完，阿雷啪地一聲關掉連線，喃喃自語。

「果真有點可怕。畢竟是我不認識的人。」

「漫遊點看」的通訊連線會可怕？我已經好久不曾這麼覺得了。也許，我已經習慣了在有如高速公路的網路上建造自己的小屋了吧？那個有如玻璃屋般透明毫無隱私的屋子。

整個漫遊點看，就像是由無數個袖珍娃娃屋所組成的美麗組織，我們生活在其中，一切居住的細節都是如此清晰可見，就連魔鬼想與我們同居，都能輕易發現……

除非他將桌面遠端關閉，就像阿雷現在做的事情一樣。

—妳知道預告殺人魔就混在我們這群人裡頭嗎？

「哇！又有人敲妳了！這個帥哥是誰？妳這個女校生，都在網路上認識男的喔？」阿雷指著聊天視窗上的新訊息。大頭照裡的主角，是我的超美型朋友，虎兒，真實性別不明，只知道他會在帥氣的男性與甜美女孩的裝扮、髮型中自在轉換，是個有趣而好相處的機智網友。

我簡短地向阿雷介紹完，就劈哩啪啦地敲起鍵盤，並查看虎兒的訊息。

—預告殺人魔是「漫遊」的重度用戶咧！警方已經把被害人的上線紀錄翻出來了，他就是在我們這裡鎖定被害人的。

—為什麼？

我回道。

虎兒沒有正面回答，只是丟了幾個網址給我。

第一個網址，是一個好心網友所製作的「反預告殺害」網站，該網站會自動派出搜尋機器人，將各網站、留言板快取紀錄中、任何有「預告」、「殺」等類似字眼的他殺或者自殺訊息，全部都會透過程式碼被自動組織成條列式的記事簿。雖然沒辦法派出實際的警力，但至少對網民間的守望相助很有幫助。

第二個網址是一段影片。影片只有二十幾秒，卻載得很慢，由於星藍現在看不見我的遠端桌面，我急忙先將收到的網址轉丟給他。

已經凌晨一點了，阿雷催著我去睡覺，「漫遊」似乎真的給他一種不太舒坦的感覺，他倒在床上，用涼被蒙著頭，率真地說著：「膽小鬼活得比較久啊！」

那段影片終於載好了，最新上傳時間距離現在還不到一小時，如果網路本身有觸覺的話，八成還感受得到熱騰騰的餘溫吧！這是一段只有純字幕與電腦畫面的影片，使用的軟體也是低階的，不過，內容卻非常駭人。

——所有妄想阻止我的人，別以為我找不到你們！

——那些有種對我嗆聲的人，就在家裡乖乖等我吧！

——聽見了吧？明天、後天、大後天、未來，我都要殺更多的人！那種反制預告的專門網站也救不了你們的。我是網路之神，我馬上就可以把這個網站的使用者找出來殺了。

——馬上就可以找出來殺了。

——因為我就是網路之神，不敬畏我的人就得死。

第一個畫面和最後的畫面，都恰巧顯示他正在「漫遊點看」的線上，但殺人魔的使用者帳號，則狡猾地打上了馬賽克。

我馬上撥網路電話，給暑假要進行拍片大業的強者學妹，同時也把網址傳給她。

「那種馬賽克可以消除啊！」她信誓旦旦地說。「只不過，消除之後也很難看出原本的字樣，要用專業的硬碟設備去還原。」

「這樣啊……」

反正就是魔高一尺，道高一丈囉。我喘了口氣，凌晨一點半，星藍的上線狀態顯示「忙碌」，雖然不知道他在忙些什麼，不過我想也沒必要急著知道。

晚安啦！「漫遊點看」、老弟，還有這混亂的一天。晚安，我關機了。

四、殺人預告

網路這種空間，真的很神奇，好像是個能讓粗人都變得詩意的過濾器。

人們實在對它存在著太多幻想和要求了，在這個孤獨又吵鬧的世界中，只要來到網路就可能得到救贖，任何一個網路成癮者都是這麼想的。

而大家往往都不承認自己已經網路成癮了，這是最弔詭的地方。

才交談過幾次的人，就可以輕易說出「我可以相信你嗎？」、「你讓我感覺安心」，甚至「我只能找妳了」這種話。

只要一連上線，大家都會漸漸地偽裝出孤獨，卻也假裝得很溫柔。

「不管什麼事情都可以隨時找我商量。」這樣的台詞也十分常見，反正等到問題來臨的那一天，既不會是「什麼事情」，也不會「隨時」，就算是又怎樣？這本來就是一個不負責任的世界。

在網路上，偽裝就像呼吸一樣的自然，反正這裡是另外一個世界嘛！活膩了這樣的人生，就假扮成別人試試，這種想法不是很正常嗎？

然而，一旦偽裝慣了，很快地，連真正的自己都會忘記。所以我也發現了，網路是個能讓最真誠的人，都可以變得矯情無比的媒介。

不過，星藍不一樣，他雖然沒有真正的臉孔，但卻是一個最不虛偽的人。

雖然無處可去，他卻沒有因此失去自我，他不會刻意去說矯情的話，或使用甜蜜的文字逗弄網路上的人們，反之，他似乎頗能和這整片蔚藍網海和平共處，就像棲身在夏夜邊緣，寧靜而自在的螢火蟲。

當然，只有我知道他的祕密。當我帶著這種微甜微澀的心情在早晨甦醒時，總會不自覺地望向那已經關上的電腦螢幕。

阿雷坐在床邊吃著麥片，今天他也要早起練功。說到早起，其實真的滿早的，現在也不過是早上八點。

最近他和外國的網友約好一起在電玩「創世紀之戰」中打怪，對方是個十二點就乖乖早睡的老實上班族，所以老弟這團的騎士們，也是格外守時。

「好好笑，玩線上遊戲玩到出現時差啦？」媽媽聽了也笑道，還要老弟向外國網友好好學英文。

「沒有喔！其實，那團有個工程師，再過一星期就要到我們這裡來工作了啊，所以我們現在反而在教他中文。」

「真的喔？」我驚喜地大笑，都忘了自己才剛剛睡醒。

「當然是真的。妳不知道現在全球的工作機會已經完全走向國際化了嗎？」

「你人小鬼大地講些什麼！」我假裝生氣。「你們說要教他中文，到底都教他什麼？」

「當然是先教髒話啊！很實用，又可以幫他建立信心！不過他還被埋在鼓裡啦！」老弟指著遊戲視窗，畫面上的濃重塵霧後方，就站著一幫外國朋友，不過他們專屬的線上分身長相，根本和老弟的角色毫無分別，就像是一整個世界裡的同樣種族。

我指著一個金鎧騎士問他那是誰。

「那是蝨目啊！我同學。」

「為什麼他的ＩＤ叫做DULAN？」

「因為他玩遊戲玩到很肚爛……喂！幹嘛啦？外國人都很喜歡他這個名字說，還說很HEROIC什麼的，他們覺得那是英雄的名字耶！」

我訝異地看著螢幕中的那片草坪，外國玩家的聊天視窗正熱情地顯示著：

「DULAN, HERE.」黑馬騎士跑在金鎧騎士前方，很明顯是在為他帶路。

「你看。」阿雷憋住了笑。「外國人都一直叫DULAN、DULAN的，超樂此不疲。」

「靠，國家的臉都被你們丟光了！」我吼著。「你們簡直是一群笨蛋！」

阿雷得意地笑著跳走，真是個三八。

如果現實像網路遊戲那麼歡樂就好了，預告殺人魔所提到的「網路之神」，怎麼不只出現在電玩遊戲裡呢？

我昏頭昏腦地吃了早餐，回到自己的電腦前，開機，就在十點剛過不久，音響傳來了星藍的聲音。

「小緋？在嗎？」

「在唷！昨晚我看到你一直在忙，不敢打擾你。」

「這樣啊。」他禮貌地笑著。「其實沒關係，我只是到處走走而已。」

「在網路裡到處走走，是什麼感覺呀？」我朝蔚藍的遠端桌面瞇起了眼。像在大海悠遊？或者，像是瞎子摸象？

「就好像，住在一種最高級的華廈，看著樓下車水馬龍，居高臨下的感覺讓人驕傲了起來，但也有點空虛。」

星藍的回答讓我感到很訝異，原來，被囚禁在網路中的人，竟然可以享受君臨天下的快感？

也難怪，預告殺人魔會自稱是網路之神了。

⧐

今天一整天，我也滿腦子想著星藍。邊想著星藍邊站在穿衣鏡前，穿上心愛的白印花洋裝……就連平淡地在道路上行走，都可以想著星藍。

我真是無藥可救。

可能是活在這世界上，被學業成績與大人的期待追著跑，容易忽略了自己真正想要的是什麼。能夠在茫茫網海邂逅，進而心靈相通，成為彼此心中特別的那個人，這種感覺深深地吸引著我。

就連和要好的老弟在日常生活中起了口角，我竟會憤憤不平地想著：「如果是星藍，一定會理解我。」「只有星藍知道我為什麼會那樣說。」

這是戀愛，對吧？

整個下午，我都和弟弟阿雷在量販店裡推著推車閒逛，在3C賣場觸摸那些高級的新科技產物，在一層層發光的LCD影像之中，享受著富裕人家的專屬視野。雖然，我們只能看看，什麼也沒錢買。

四、殺人預告

色彩鮮艷的魚在螢幕中泅泳，彷彿伸指就能觸摸到那鱗片的高貴與冰冷。

「住在高級的華廈往下看啊……」我呢喃著，揉了揉畫著眼線的雙眸。

星藍還記得住在現實生活中的感覺吧？所以才會舉出這麼親切的例子。我想著想著，越來越心痛。

阿雷推著購物車走來，頭頂白色球帽，穿著淺色條紋襯衫的他，看起來神清氣爽。

我瞥了車內的冰淇淋包裝盒一眼，最後將視線垂放在那一條一條的推車欄杆上。「對喔！再棒的籠子，都會有缺口……」

我將手指探進賣場推車側邊的不鏽鋼條隙縫中，把裡面的未拆封T恤往外拉。

「欸！妳幹嘛？包裝會壞啦！」阿雷急忙喝止。

此時，我們回過頭。賣場內的氣氛忽然一陣緊繃，眾人正朝電視賣場那頭的巨大電視牆挨近，人們的嘴巴和眼睛都猛然忙碌了起來。

幾十台的高級電視並列著，正在播著一模一樣的畫面。

「殺人預告反制」網站的製作者，上午被不明人士在自家巷口從背後刺傷，雖然鄰居撞見攻擊者的背影已適時阻止，但被害人仍舊當場不治。

大概是賣場的空調壞了，我感覺一股熱氣正在自己體內兇猛地亂竄。

轉過頭，回視著賣場眾人的臉孔，那些震驚與恐懼的神情，就像是一片片的面具，正排山倒海地迎風掀開。

我們，還不做點什麼嗎？

⧐

「其實這傢伙也不過是土法煉鋼而已。」阿雷指著我的電腦視窗。「真可憐啊！完全沒有打手，都要靠他自己去砍人刺人的，也是滿辛苦的嘛！我看他大概光是要找到那個製作者的住址，就忙了整個晚上也不一定。他很快就會自己放棄了啦！這種人……」他轉頭望著窗外罵道：「就連求偶的蟬，都活得比他有意義太多了！」

雖然阿雷的賤嘴讓人稍稍開心了點，但我並沒有因此停止搜尋預告殺人魔的資料。

阿雷一看簡直要傻眼了。短短一小時，我的桌面就新增了四個資料夾捷徑，分別是「吉祥物行刺事件」、「預告網站製作者之死」、「破解預告影片」

與「預告殺人魔去死」，最後一個名稱，明顯是怒氣之下的產物。

「你不要管我。」我揮了揮手。「去和你的外國網友玩遊戲。」

「什麼東西呀？人家早就去睡覺了啦！別忘了有時差啦！時差！」

「你去把他叫起來啊！反正他下星期就要來台灣工作啦，早點適應沒什麼不好。」

「適應什麼啊妳，白痴！」阿雷罵著，打開筆電就往床上一坐。

我笑著瞧了他一眼，把記事本翻開。我一面享受著筆尖在紙片上摩擦的快感，一面咀嚼著從網頁裡抄下來的部份線索。反正這個暑假也沒什麼大事要做，我是槓上這個殺人魔了。

之前，星藍曾告訴過我，網路之神是會四處移轉的一種神祇，而就像是要呼應這類說法似的，警方追蹤到的漫遊ＩＤ與當初的影片發佈者ＩＤ，也的確都是些四處漂移的空頭帳號，私人資料一概亂填。

ＩＰ追蹤的方法也不管用，預告殺人魔幾乎都在網咖作業，案情因此陷入膠著，警方只能消極呼應網友多加注意隱私資料的曝光問題，部份民間團體甚至要求「漫遊點看」停業。

也就在這幾天，「漫遊點看」沒落了，自從「殺人魔都在漫遊網站尋找鎖定被害者」的傳言出現之後，網友們縱使願意上線，也不輕易開啟遠端廣播了，畢竟，誰也不願和殺人魔有任何私密接觸。

「漫遊」的出走潮正在迅速擴散。相反地，願意留下來的網友們，卻也因為這種共患難的認知，而越發團結起來，搬家的、撤離的，與那些自稱「熱血、勇敢」甚至「要死也要死在一起」的居民們，形成了兩種極端的對比。

越是艱難的時候越要互相扶持，秉持著這種精神，我也努力安撫著自己那幫網友，特別是鬱鬱寡歡的小兔。

「她就非常在意別人的眼光啊！我覺得跟她講話講久了，自己也想自殺了。」一面抱怨著，我在玄關焦急地更換鞋子，原本套在腳上的淑女鞋也被我踹了下來。

「啊！這個比較好跑。」我蹲到阿雷的身下，找出鵝黃色的高統帆布鞋。阿雷看著我在狹窄的玄關內竄來竄去，一面閃躲著，一面在全身鏡裡調整自己的髮型。

「小兔啊，那種傢伙都是這樣的吧？本來就很難安慰了，所以才會想自殺啊！真的啦。哪天妳稍微不理她，她又會想自殺了。」

「啊？那要怎麼辦？」

「也不用這麼緊張吧？」阿雷將安全帽遞給我。「那種人其實只是悲觀而已，不會真的自殺啦，真的。」

「真是這樣就好了。」

「你們又要出去啊？」老媽匆匆地朝這裡走來，手裡還拿著正在摺疊的衣物。「下午不是才去買東西而已？現在又要出去？都快九點了，有什麼事情這麼急？」

「快點想理由。」阿雷用唇語打著暗號。

「媽，對不起啦，我們出去買個宵夜，反正爸今天剛痔瘡手術完，我們就順便去醫院探望爸爸，一舉數得嘛！」我一臉誠懇。

「雖然爸現在不能吃雞排，但我們會順便買白斬雞代替，讓他驚喜一下。」阿雷也急忙下海助陣。「不過那家雞肉店很受歡迎，可能要排隊排久一點，而且，車子也要慢慢騎啊，誰叫我們住這麼鄉下，晚上路燈又不夠……」我們姐弟倆把玄關到門口的短短路徑，頓時弄得像是連線直播般緊繃，花了一番唇舌才成功牽到機車。

騎車過彎時，阿雷扯嗓問後座的我。「喂，真的不會很危險嗎？」

「危險」？或許真有那麼一點點吧！

二十分鐘前，我激動地把阿雷拖到自己的螢幕前。我們之所以趕著出門的原因，正是那時候決定的。

——【揪團】誰要和我一起去救人！阻止預告殺人魔！

這篇留言出現在漫遊首頁，短短一分鐘就湧進了破千的點閱人數，發文者恰巧是我的朋友，美男子虎兒。

事情的原由是這樣的——虎兒在BBS上看到一封挑釁帖，說預告殺人魔今晚要在本市隨機挑選醫院闖入做案。

「被害者可能是醫護人員，也可能是病患，殺人魔沒有明說。」虎兒傳殺人魔的帖子給我看。

「要不是我們爸爸也正好在醫院住院，這次我才不管！」阿雷大聲埋怨著。「誰知道是不是真的預告殺人魔，還是假的澎風殺人魔！」

我搖搖頭。「總不能冒險啊！虎兒說，他會盡量查出殺人魔想去的醫院位置，現在星藍也在幫他查……」

「那我現在要騎去哪裡？」阿雷問。

「先去爸的醫院吧！至少要保證爸在那裡很安全！」

阿雷哈哈一笑。「我想這兩天爸最不安全的時候，應該是被開痔瘡手術的時候吧！別太擔心了！」

他猛然壓車過彎，朝蜿蜒小道盡頭的水田衝去。

「不知道今晚還會不會遇到警察呢？」我喃喃自語。「上次他們輕忽了殺人魔的行動力，連救人都慢半拍，今晚應該會有所警備了吧？」

「很難說啦！全市醫院那麼多間，誰知道他會去哪間呢？」阿雷回答。

我低頭看了一眼虎兒傳的臉書訊息，他正在分析殺人魔可能會潛入的醫院。虎兒說，應該會是很大間的醫院，感覺得出殺人魔其實想幹轟轟烈烈的一票，如此一考量，清單就不多了，大概只剩下台大分院與市立第一綜合醫院。

而我們爸爸開刀的醫院就是市立第一綜合醫院。

當時的我，還不曉得自己即將闖進虛擬與現實的那道縫隙。

ID戀人：危險戀愛事件

五、籠中的縫隙

「哎，老爸的病房在八樓，殺人魔應該不會動一個剛開好痔瘡的普通中年人吧？」停車時，阿雷喃喃自語。

我立刻哈哈大笑。

「至少我們可以保證自己的爸爸不受攻擊啦！」我聳了聳肩，摸著手機螢幕，查看有無星藍新傳來的訊息。身體離開了方便上網的房間之後，心靈卻仍舊掛念著網路上的那個他，甚至有些依賴著星藍，我不禁想著，現實世界的他會長什麼模樣？身高多高呢？帥氣嗎？雖然無法像真正的朋友一樣跟我擊掌，在危險的時候抓住我的肩膀保護我，但對我而言，星藍卻有著難以言喻的親暱感。

「小緋，妳今晚就安心待在妳爸爸的醫院吧！我正在追蹤漫遊幾個可疑的ＩＤ，有問題會再告訴妳的。」

不愧是星藍，心有靈犀的傳了這個訊息給我，讓人鬆了口氣。我有時想偷偷問星藍，長時間被囚禁在網路中，他的生活重心是什麼？是我，網路殺人魔事件？還是兩者都有？

今晚，這個答案再清楚不過了。

兩者皆是。

他是如此珍惜著我，也在意著被他視為家園的「漫遊點看」中網友的安危。

「妳有沒有試著問星藍他的臉書？既然他可以在網海來去無蹤，應該在很多常見的地方都有帳號吧？」老弟意識到我的思緒，在搭乘樓梯上樓時如此對我說：「至少，臉書給人的親近感不輸漫遊吧？可以常常上傳照片圖片。」老弟說：「至少可以看到他以前的長相、一些舊動態之類的。」

「天啊，我現在就好想看他的臉書！」

「是啊，這種東西不太可能沒有吧！如果他連這個都不肯告訴妳，妳就不要陷太深了……」

也許看在老弟的眼中，我就像戀愛中的笨蛋一樣，算了，現在就算去聞聞帶給爸爸的香噴噴雞肉餐盒，我也不會清醒過來。

「哦！小緋、阿雷，你們怎麼今天就跑來了？爸明天傍晚才要出院啊！」病房中的爸爸，臉上掛著花栗鼠般開心的神色。「咦？什麼東西這麼香？」

看著爸爸驚喜又大快朵頤的模樣，我和老弟總算鬆了口氣，還好這裡是單人病房，沒因我們三不五時的笑聲與啃雞肉聲而影響其他病患。

「好啦！我知道妳想到處走走啦！我陪老爸，妳先自己晃晃。小心點喔！保持聯絡。」老弟低聲把我支開，畢竟我掛心著殺人魔今晚襲擊醫院的事情，表情也輕鬆不起來。

我找了個藉口，跟爸爸說要到樓下的超商替他買些衛生紙和拖鞋，便快速地溜回醫院大廳。平日的晚間，人潮不多，整個醫院散發出一種悠閒的感覺。

「看來殺人魔沒選擇來這裡？」

才剛想完，我便看見一個清潔工打扮的男人身影，匆匆從急診室門口進入大廳等候電梯。

他模樣鬼鬼祟祟，身上沒有配戴任何員工證。

「哪有這麼巧的？」嘴上雖罵，我仍不信邪地四處張望，默默希望有警察在附近，殺人魔預告都這麼囂張了，被指定為做案地點的醫院，卻連一個警察都沒有？實在太說不過去了。

「煩啦！煩死了……」我碎碎唸著，一面跟在清潔工後方，努力打量他的清潔用品推車。電影不是都這樣演的嗎？通常詭異清潔工的推車，會藏著武器或者屍體……

五、籠中的縫隙

努力地伸長脖子，我假裝數著電梯外的樓層顯示。除了一陣淡淡的垃圾味之外，推車並無異狀。

這次同行等搭電梯的，還有一個看起來心情急躁的壯漢、兩個提著宵夜的阿婆，既然不是落單，我毅然決定跟隨清潔工進入電梯！

「幾樓？」我主動搭話，想使對方放鬆戒心，沒想到清潔工卻是唯一一個沒回我樓層的人。我努力看著他口罩後的陰沉臉龐，發現他的站姿背對門口，不知道在等待著什麼，更似乎沒有要出電梯的意思。

會不會他真的是隨機選定樓層……準備犯案？

這位清潔工背對電梯門的站姿也很怪，該不會是在避開監視器吧？

我急忙傳簡訊給老弟。「求救！我看到一個很詭異的人！快來找我，現在電梯往下，應該會回大廳。」

「B2，電梯門即將開啟。」溫柔的電梯廣播女聲一響，我這才驚覺自己方才都在忙著看手機，此刻的電梯內，竟只剩我和清潔工了！

「咦？停車場？」電梯門一開，外頭一片漆黑。

人的本性都是怕黑的，我正轉頭想走，電梯裡的清潔工卻猛然用力地推了我一把！

我踉蹌地往前一跌之後，電梯關上門離開了。

「喂！混蛋！」我罵著，後面也追加了一堆髒話，但說什麼都於事無補了。電梯樓層顯示繼續往上，我則猛按著電梯鍵。

「回來啊！靠！」

拿起手機一看，慘了，收訊零格。

「等等，我來看那個怪人到底要去幾樓……」電梯持續往上，七、八，接著又往下。不對，光是這樣數著樓層，我也無法確定詭異清潔工是走出電梯了，還是被動地等待著。

他到底想幹嘛？他到底在等什麼？

「可惡……」停車場專屬的悶重金屬味緩緩傳入鼻腔，電梯就是不下來。眼睛終於好不容易適應昏暗的四周了，我靈機一動，快步跑了起來。

「對了，我何必等電梯，既然這裡是停車場，一定有車道是可以出去的吧？只要找到出口就好了！」

搜尋著出口標示，我在偌大漆黑的停車場跑了起來。

五、籠中的縫隙

身為本市數一數二大的醫院，晚間九點應該還是會有人來取車吧？然而放眼望去，我只見到一團團昏暗且停駐不動的車影，半個人影都沒有。

「可惡，手機還是沒訊號。哪有停車場的燈光這麼暗的？」才剛抱怨，有人轟的一聲切斷了整棟停車場的總電源！

忽然陷入一片徹底的黑暗，我站著不敢動。

視覺不管用時，聽覺似乎變得特別鮮明，我彷彿聽得見電梯井中迴盪的開關門聲，也隱約感受得到樓上B1的引擎聲，仔細一聽，B2的電梯門似乎也打開了？

「誰進得來？不是停電了嗎？」

幾盞微弱的停車場燈光又依序亮起，看來電力恢復了。

為了保護自己，我像絕望的負傷小動物般彎低身體前進，不知道是心慌還眼花，這麼大一個停車場，竟繞不到出口。

老弟是不可能來了，方才連樓層都來不及跟他報，手機就沒訊號了。那個清潔工絕對知道我在提防他，他會過來收拾我，還是去進行他的恐怖大業呢？

「有了，緊急通話口……」我瞥見停車場某條柱子上的消防面板，上頭附設了個緊急通話鈕，按下去的話，保全和警衛應該會來吧？

「喂？有人在……」話還沒說完，裡頭傳出了一個讓我吃驚不已的聲音。

「小緋？」

是星藍的聲音，他怎麼可能在這裡？

只能存活於網路的他，怎麼可能知道我在這，又怎麼可能取代保全和警衛，第一時間回答我？

「小緋，妳沒事吧？還好，妳果然在停車場！」

「我還好……」我腦中充滿困惑。「等一下，你為什麼……」

「我剛追蹤妳最後的 GPS 地點，但妳忽然斷訊了，我想唯一有可能收不到訊號的地方，應該就是停車場了吧！」

星藍真的很聰明！

「等等，妳走車道太危險了，現在剛好是晚班交接，B1是員工區，妳走車道上樓的話非常危險！我幫妳開貨梯，妳能試著往回走到橘色標誌的地方等嗎？」

「好……」我還沒問清楚，沒有身體、沒有臉孔的星藍，怎麼能操控這裡的貨梯，但追根究柢也不是辦法。

最後，我問了一個最關鍵的問題。

「星藍，殺人魔可能在附近嗎？」

「對，所以妳要快點到安全的地方！」

我後悔莫及，我不是什麼大英雄，還差點拖累老弟來救我，要不是星藍潛伏在網海中，恐怕他想跑來幫忙，也會有危險的吧？

「星藍，既然你能操縱貨梯，說不定也有權限調的到監視器畫面？你查查看一個沒有員工證的清潔工，他一直躲在電梯裡，很可疑！」

「好，妳快走，貨梯來接妳了。」

笨重的引擎運轉聲，聽在我耳裡簡直是象徵著安全的溫柔搖籃曲，我朝停車場另一端的貨梯拔腿狂奔。

上頭規定了使用時間為早上十點到晚間十點，而現在已經十點〇三分了，不管星藍是怎麼做到的，他用網路能做的，遠比我能想像的更多、更廣……

「呼……」搭上貨梯逃出陰暗的停車場，我在大廳後方的醫院員工餐廳門口回到地面，頓時頭暈目眩，有回到陽間的錯覺……

「手機，有訊號了！」我急忙點開漫遊點看的即時通話軟體。

當然，星藍的燈永遠亮著。

「小緋，逃出來了？我看妳的GPS訊號又出現了！」

「逃出來了，真的謝謝你！你找到監視器畫面了嗎？」

「我沒辦法做這件事耶！監視器的畫面通常不會上傳到網路，只存在警衛室的實體硬碟中，得靠內部員工親自去看才行。」

「好，那我現在就去服務台請小姐找保全、警衛之類的人來！」

「等等，小緋，先不要去大廳，有幾個可疑的人要經過了。」我沒聽過星藍如此緊繃的聲音。

「這幾個人從今晚七點開始就使用漫遊的地圖標記功能，一路標記自己經過的路徑。他們好像是隨機移動的，而且一路從小醫院闖過大醫院……」

難道，預告殺人魔是一個團隊？

我寒毛直豎。

「星藍，你是說，他們現在就在醫院的中庭？」

「對，所以妳不要打草驚蛇，盡量避開他們去找保全、順便提醒他們留個監視器畫面吧！」

我懂了，立刻行動。

阿雷傳簡訊來問我是否沒事，我很快地回訊，邊繞回醫院外圍。夏夜的涼風將路旁悠閒的女孩吹得長髮直飄，我也好羨慕她們有那樣的閒情逸致。

總算找到在急診室外抽菸的一位老警衛。「不好意思！我剛剛被一個沒有員工證的清潔工關在地下停車場差點出不去，可以請您去調閱一下監視器嗎？可能還不只一個可疑人物在這間醫院裡！」

「那妳怎麼出來的？為了節電，晚間十點過後，員工層B2的停車場電腦系統都設定關閉的！」警衛不但不關心可疑人物，還對我問東問西，真是讓我氣得想跺腳！

「我直接走出口車道出來的啦！」我隨口胡謅道：「麻煩您現在就去看監視器，有可疑的話就報警！今晚預告殺人魔不是可能出現在醫院嗎？您應該有看新聞吧！」

「哦？哦……」老警衛這才想起電視上鬧得沸沸揚揚的新聞，邁著疲弱的步子跑回警衛室。

「唉！」我雙眼望見醫院轉角附設的明亮超商，這才想起自己原本下樓，是為了幫病床上的爸爸買生活用品。

可憐的老爸，在我心中的順位竟然比找尋殺人魔還低！

「不好意思，請問面紙區在……」我衝入超商，抓著必備用品。腦中忽然閃過，今天的「主揪」明明是網友虎兒才對。一開始說殺人魔要襲擊醫院的，就是虎兒，當我為了他的邀約讓自己置身險境，他卻一整晚靜悄悄不見蹤影？

「虎兒！你在哪？回報近況！我今晚有遇到怪人，已請醫院保全去查了！」留了訊息之後，上面立刻回傳系統訊息表示對方「已讀」。

「可惡，竟然對我『已讀不回』！」手上抓著提袋的我走出超商，氣急敗壞地想道，一不留神，竟走到星藍警告我別去的醫院大廳。

已過了探視時間，又正在進行夏日節電計畫，大廳顯得昏暗又冷清，並沒有星藍所說的可疑人物。

前台坐著一個年輕警衛，電梯前站著一男一女，女的顯然是大腹便便的孕婦，我想大概也沒有危險，便推門而入。

「小姐，妳要做什麼？探視時間已經過了喔！」警衛起身對我說。

五、籠中的縫隙

「我爸在住院。」

「那妳的探視證呢？」警衛機靈的模樣讓我有些不爽，也讓我想到，也許可以再對他提一次方才清潔工的事情。

「等等，我看你也沒有警衛證啊。」我話一說完，對方臉上閃過一絲猙獰。大事不妙！

我拔腿就跑，此時，電梯前的那對男女也轉過頭。

他們臉上全戴著詭異的怪物面具！

萬聖節一般的光景，瞬間讓我腳底發冷。

「等等！等等！」我還搞不清楚發生什麼，已經沒命地抓著樓梯往上跨步狂奔，身後的男女與警衛一窩蜂全朝我衝來。

「不可以讓她去報警！等一下！」假警衛大喊著。

這是什麼鬼醫院？我驚魂甫定，衝進二樓空無一人的已熄燈長廊。

灰森森的看診間早已全都上鎖，櫃台半個人影都沒有，陰涼詭譎的氣氛從四面八方朝我包抄而來……

就在此時，長廊的盡頭透出了一點光，我本能地追向光芒。

原來那是廁所。

而走廊的末端，出現了一台歪斜堆放的清潔車。彷彿要擋住我去路般，陰險地橫跨在前。

慘了，追我的人一定跟清潔工是一夥的！

六、陌生的臉孔

一男一女，不，正確地來說，一男與一孕婦正在追趕著我，更不用說連冒牌警衛都視我為眼中釘。

我氣喘吁吁地衝進男廁，用力反鎖門。

「小緋，妳得出去。」星藍的聲音從手機傳出。

「什麼意思？」

「我弄清楚了，外頭的人不是殺人魔，而是漫遊點看的網友。」

怎麼可能？我心中湧過無限個問句，對星藍的信任卻已促使我伸手去開門。

就在此時，外頭傳來一個熟悉的聲音。

「小緋，我是虎兒啦！」

門外站著的孕婦，正在將她裙下的假肚子拿下，詭異的怪獸面具也褪到脖子處。那張濃妝卻略顯標緻的中性臉龐，看起來的確有幾分眼熟。

「虎兒！你假扮孕婦幹什麼？這個假警衛和怪男人又是誰？」我抓起一旁的馬桶刷，以便自己被攻擊時能隨時反擊。

「我剛剛查了那幾個在漫遊地圖標記打卡的ＩＤ，是虎兒與其他網友們組成的巡邏隊。」星藍的聲音幫著虎兒解釋。

「哦！原來今晚到處在醫院打卡的就是你們啊？」我氣得滿臉漲紅。「你們假扮成這種德性，不讓我起疑才怪！」

「我們是想在一樓看看有無可疑人物，若有的話，我們就用人海戰術嚇跑他……沒想到妳卻小題大作……」

「小題大作？是你們自己太扯了！」我氣得反問：「那真正的大廳警衛又去哪裡了？」

「剛剛聽說有假清潔工偷急診室的藥品，警衛們去追他了。我想說前面這下唱空城，搞不好是殺人魔的詭計，就用這種方式在此留守。」年輕的冒牌警衛說。

「那也不用找我麻煩啊！」我瞪著他。「你們全都來這裡追我，那現在下面，還不是又會唱空城計了？」

「小緋，抱歉啦，我們剛剛只是想避免妳報警，引起更多騷動。」一臉大濃妝加假睫毛、彷彿秀場美少女般的虎兒，拍了拍我的肩。

「我看，你們這樣沒妨礙到警方辦案已經很不錯了。」

樓下傳來警車的聲音，大概是來逮捕清潔工的，虎兒等人說要回樓下查看，於是，我們暫且兵分兩路。

我抓著超商的袋子徒步上樓，暫時不敢再搭電梯了。

「沒事吧！爸爸一直問妳去哪，我只好說妳一定是在超商看時尚雜誌看了半小時……」阿雷整張臉都皺起來了，碎碎唸的功力也彷彿老媽上身。

「沒事，我在樓下和網友會合，好像今晚還沒傳出什麼案情。」我看阿雷手上也抓著手機不斷刷新網路新聞，想必也十分關注今夜的殺人魔動態。

望著病床上熟睡的老爸，我將去超商採買的東西留在桌面，與弟弟相偕下樓。

「我想，殺人魔應該是想殺小女孩，或者更能引起世人憤慨、彰顯他能力的弱小對象吧？」虎兒還在樓下，劈頭就對我們分析道。

「你是虎兒？」老弟驚訝地望著眼前的美麗東區少女。「我還以為你是男生耶。」

「有時候是女生，有時候是男生。」虎兒眨了眨眼，輕描淡寫地說。

「好啦，所以你們到底為什麼要跑遍全市醫院，又一直在漫遊打卡，讓星

六、陌生的臉孔

藍觀察了老半天。」我單刀直入地問。

「這樣我們才有打草驚蛇、嚇阻殺人魔犯案的功效啊！而且我們打卡可不是老老實實打，幾乎每隔半小時就在全市各大小醫院註記一次！」

哦！原來是偽造打卡紀錄的網路巡守隊？我與阿雷相視而笑，也虧虎兒想得出如此巧妙的辦法。倘若殺人魔是隨機犯案，如此關注漫遊網站動態的他，大概也會有頻頻被打擾的感覺。

「我們只是想讓他煩到不想做案。」假警衛說，此時他已換下制服，成了個上班族。陪同虎兒假扮夫妻的另一個男子，也看起來比方才和善多了。

「如果殺人魔會上網預告，不排除他也會上網打卡標記，製造恐慌，難道今晚都沒這樣的訊息嗎？」阿雷問。

「說到這個。」星藍的聲音從我手機中傳出。「今晚在醫院打卡的人的確很多，我掌握到一個路徑，你們看我傳過去的圖吧。」

我用手機將星藍傳來的畫面，秀給虎兒、阿雷等人看。

星藍繼續說：「大家看，上頭繪製藍線的，是虎兒等人的標記，但看到紅線了嗎？它一遇到藍線就避開，轉往其他醫院，若這不是你們認識的ＩＤ，那它就十分可疑了。」

「台大分院……這個紅色標記現在就在那裡！」我大叫。

阿雷立刻把安全帽拋給我，大夥兒連忙衝出醫院，各自坐上機車，朝夜晚的馬路呼嘯而去。

當我們趕到現場時，只看見兩輛警車與一大堆的記者SNG車。

有事情發生了。

我的心幾乎沉到胃底，與虎兒等人面面相覷。

預告殺人魔又犯案了，他出現在夜間門診，隨機刺殺了一位女孩。

他身材很高大，行兇的時候穿著吉祥物大熊的布偶裝，沒有戴頭套，但是頭髮用棒球帽覆蓋住，還戴了愛心形狀的黑色口罩。監視器全都錄下來了，但線索依舊模糊。

而他殺害的對象，是一位實習護士，要不是旁邊有保全前來嚇阻，據說她身上還可能又挨上幾刀。

案發現場沒有尋獲兇刀。也因為事發地點就在醫院，受害者沒有撒手人寰，新聞說，預計明天可離開加護病房。

六、陌生的臉孔

謝天謝地，為了不要浪費這股好運，在事件過後的這晚，我只是拼命地上網、上網、上網。只要努力找線索，相信一定能逮到網路殺人魔的，只是在此同時，還有其他的事情可以做。

「小緋，妳還好嗎？」星藍的聲音，溫柔如夏夜海灘上的浪沫。「很抱歉沒能即時幫更多忙，但我已經把那個可疑的紅色打卡路經，作為線索呈交給警方了，希望能快點破案。」

「唉，真希望這件事就到此為止了……」我無力地癱軟在房間，仰著頭對收訊良好的耳麥嘆氣。每當這麼用自言自語的方式與星藍說話，就感覺彼此好像又更親近了些。

但一切終究是錯覺也不一定。

「小緋，真的很抱歉！」剛剛以美少女兼美孕婦身份與我面對面的虎兒，為了方才在醫院的唐突行徑，向我道歉。

「他到底是男生是女生？」我想起阿雷方才錯愕的回應。

但我又想，若虎兒很樂意告訴我他真正的性別，一定早就說了。也許，他終究是喜歡變男也變女，如此一來，我也該試著不去定義任何事情了。

我比較錯愕的是，他竟然連性別這種重要的事情，都瞞了我那麼久。

或許，是我把性別想得太重要了，好像不知道對方真正的性別，就無法在網路上交朋友。其實，並非這回事。我和虎兒之間的關係雖然奇特，但並非不存在。

男兒身時的虎兒，與始終都是女性的我，倒也相處得好好的啊！

異性之間本來就比較容易交朋友，網路始終是一個滿足對異性想像與期待的詭異場所嘛。除此之外，人們就像水族缸內的魚般彼此擦身而過，卻連正眼都不瞧對方一眼。

即使我看過了那麼多本虎兒的相簿，甚至和網路上那些癡迷的小女生一樣，在情人節也為他投下了寶貴的一票，票選他為「漫遊點看的最愛帥哥」……然而到頭來，我卻連他的真正性別都不確定。

其實那也無所謂了，畢竟那天晚上，我們坦誠地，一同面對了生死。這話說得帥氣，其實最後的結果還是得歸功星藍。

說到星藍，我又真的可以相信他嗎？這個認識不到一個月、又聲稱自己被「囚禁在網路裡」的男生，就那麼值得信任嗎？連那個在網路上一度讓人傾心的帥哥虎兒，都可以輕易地改變他的外表與性別了。

唉，還是好想看看星藍的臉啊。

ＬＣＤ的銀白色螢幕，在我的眼中隨著淚液而模糊著，我用肩膀擦著眼淚，望著「漫遊點看」的首頁發愣。由於遠端桌面已經搞得人心惶惶，大家又開始使用傳統的即時通訊軟體，一切都變得生硬起來，就像是慶典過後，大家雖仍保有狂歡時刻的悸動，但面對著一團狼藉的會場，卻都閃得遠遠的，誰也不想弄髒身上的華服，伸手收拾髒亂。

這座屬於我們的城市，終於要變得支離破碎了嗎？

—倘若真的有網路之神的話，祂勢必要為這一切負責！

我在自己的線上暱稱鍵入這句話。

「網路之神是會轉移的，總有一天會消失無蹤，然後又在另一個地方憑空出現。」星藍的聲音，就這樣劃進了玻璃般透明的凌晨時光。

「如果真要說起來，祂其實算是最沒用的一個神了呢！」他說著，連聲音的表情都一派輕鬆。「小緋，我跟妳說，現在全漫遊只有一個人會聲稱自己是網路之神，那就是預告殺人魔，就算他真的有那麼多ＩＤ可以更換，我們還是有可能找到他的。他絕對是漫遊的重度使用者，只要有人談論他，轉貼他的文章，在部落格或論壇上討論他，他就會興奮得不得了……前面幾位漫遊的使用者，都是他經過長期的觀察和瞭解才鎖定的，所以，他並不是像預告說的那樣隨機殺人。」

星藍的意思是，第一次事件中的女高中生，其實並不只是單純的路人而已，預告殺人魔是在漫遊點看上長期觀察她的桌面、部落格、相簿，才決定要針對她下手，而那個在自家門前遇害的「殺人預告反制」網站的製作者，據說也曾是預告殺人魔的觀察對象。

「我覺得，預告殺人魔原本其實是不想要自行預告的，他之所以先前做了那麼多個沒有實現的預告，有一部分只是為了向那些熱心、有正義感的反制者宣戰而已……總之，我會繼續尋找這幾個犧牲者的共通點。」星藍依舊是那麼有條有理地分析著。我聆聽著他的清澈聲音，想聽出更多他身處的空間與周遭環境的訊息，他活在一個怎樣的空間呢？

當然，我只是在浪費時間罷了。網路世界真的有自己的聲音嗎？

我的耳邊，只剩下清楚而輕柔的靈魂樂，甜蜜如巧克力般的女低音，漸漸

六、陌生的臉孔

地溫暖著我的耳膜。

「我絕對不會放過他的。我之所以加入漫遊，本來就是要尋找網路之神。追尋殺人魔的過程中，我想網路之神也許會默默助我們一臂之力，而我也會與祂更接近也不一定！」星藍突如其來的發言，讓我愕然地停住了手邊的瀏覽動作。

我問：「網路之神會把你放回現實世界嗎？」

「如果真的有網路之神的話……」他的聲音聽起來一點也不矯情，一點也不寂寞。

我把自己的照片傳輸給他。如果真的有網路之神的話，勢必早就在網路空間裡見證過那一份份填充在無數次傳輸之中的真實心意——那些感動的、纖細的、期待的、脆弱的、戰戰兢兢的、興奮的、分享的、終於找到自己夢寐以求檔案時的心情……網路之神一定都體會的到。或許，祂正是在這些微小如寶石的無數感動之中，被孕育出來的。

「看到我的照片了嗎？」在傳輸線條圖示，被「100%」的數字標示給填滿的那瞬間，我開口問著星藍。

「看到了喔……小緋！」星藍笑了起來。「眼睛笑得彎彎的，有著帥氣又可愛的短髮，果然跟我想像中的一樣，很爽朗、很漂亮的小女生。」

「不是小女生啦！」我困窘地抗議著。「喂！真的是跟你想的一模一樣嗎？算了，不要理我好了。」

「『理妳』？什麼意思？」

「算了啦！剛剛那個問題就當作沒聽到！」我吼著。

星藍剛剛是這麼說的吧？「果然跟我想像中的一樣」？原來星藍曾經想像過我可能的長相。

我尷尬地搔頭，心臟的位置，好像被夏夜裡的小精靈偷偷地捏了一下。

「我也想像過你可能的樣子喔！星藍。雖然我看不到你。」

「哈哈哈！真的嗎？但是我沒有虎兒那麼帥喔。」

「誰要虎兒啦！」我差點抗議著。

星藍沒有回答了。

螢幕上出現了一行鑲雜著亂碼的繪文字，有方形、三角形與圓形，字色是我所預設的、淺淺的藍紫色與白色。

六、陌生的臉孔

「我先去刷牙囉，晚安。」如果話語能夠表達擁抱般的那種溫柔，那麼我正在擁抱著麥克風另一端的星藍。

他依舊沒有回話。是不是剛剛說到了長相的事情，讓他難過了呢？我放下漱口杯，輕輕吐出嘴裡的牙膏水，嘴唇上一片濕淋淋的，但眼睫毛的根部卻也溼了。

沒有眼睛的星藍，沒有臉的星藍，沒有手的星藍，沒有腳的星藍，孤零零被囚禁在網路牢籠裡的星藍。但我只顧著吵鬧、要求著看他的臉孔……這不是和那些粗俗又以貌取人的平庸網友一樣嗎？

我一點也不瞭解星藍的心情，還在那邊發花癡什麼勁啊？虧我在遇見星藍的那個晚上，還曾自以為已經對他一見鍾情了。

一見鍾情真蠢，網路戀愛也很蠢，這些期待原本就是異想天開。

我看著鏡中的自己，手錶時針恰巧指著午夜十二點。

國小的時候，曾有一陣子流行這樣的傳言：在午夜十二點的時候去照鏡子，聽說就可以看到未來戀人的臉龐。這種都市傳說，雖然在當時聽起來有些嚇人也有點浪漫，現在的我，卻只感到厭惡不已。

我帶著濕漉漉的臉龐回到電腦桌前，星藍一定還在線上吧？他也只能待在線上了吧？

我朝螢幕看了一眼。那上面滿滿的，都是星藍輸入的奇特繪文字，由藍紫色與白色相間的工整符號組成了一副巨大畫面……

那是一張臉。一張男孩子的臉。

星藍的臉。

一行行的三角形、圓形、正方形與其他的破碎形狀，正透過數位傳輸，由數不盡的像素重組、排列……最後，才得以顯示在我的液晶螢幕上。

那微笑著的、不薄也不厚的嘴唇、溫柔但卻不失英氣的眼形……還有那雙，少年漫畫主角都會有的漂亮濃眉。

這就是星藍的臉。

原來，這就是他的臉。

我伸手觸摸著ＬＣＤ螢幕。螢幕摸起來溫溫的。

「星藍，我看到你的臉了。」我凝視著自己的手指，畫面上的繪文字與符號被我遮去了大半，卻依舊保持著人的五官所具備的生命力。

六、陌生的臉孔

「星藍，你還記得你自己的長相，這或許是一大進步。畢竟，你先前說過，自己沒有臉。」我悄悄擦去眼淚，明明很難過，卻試著說些樂觀的話，心也空蕩蕩的。

「小緋，不需要勉強自己說這些。」星藍恬淡而輕柔地回答道：「我知道妳很失望。如果妳什麼也不想說的話，就關燈休息吧。反正，我一直都會在的。」

這倒是所言不假。

我苦笑著關上臥室的燈。螢幕在一片漆黑之中顯得更加明亮，像是一件藝術品般。

我可以感覺到自己的嘴角正在彎起。好的，我要好好地感覺一切，替身處囹圄的星藍去感覺一切。不需要擔心的，我一定可以想出辦法，讓他獲得自由。

當時，我並沒有發現，星藍為什麼就在那晚想起了自己的長相。

我只是想道：「網路之神，的確是存在的吧？」

因為，在黑暗房間不斷發光著的那張臉龐，就是祂親自畫給我的現場素描。

ID戀人：危險戀愛事件

七、新ID

「我說，星藍，你在網路裡，有沒有什麼特別的生理感覺？感覺得到嗎？預告殺人魔的動向？」

「沒辦法。老實說，我當初加入這個網站，就是為了要找出網路之神，不過，小緋，其實我現在的感覺，只是像被關在一個房間那樣而已。網路是很大的，但是，我只能感覺到其中一個角落，如果真的想做什麼，也許是有可能做到，但大部分的時候都是感覺不到什麼的，感覺……就只是，自己一個人而已。」

我點點頭。

──唉……

小兔傳來了新訊息。

──活著真的沒有什麼快樂的事……真的沒有。

──怎麼會呢？妳還有妳家的那群小寶貝呀！

每每遇到這種灰色話題，我總是搬出小兔家的寵物來鼓勵她，但這招今天似乎失效了。底下的文字飛快地從螢幕下方浮了上來，像是一片洶湧的藍色潮水。

七、新 ID

——不，我今天想通了，動物畢竟是動物，再怎麼會養遲早也都會走……

——到底……到底有誰能陪我走一輩子呢？

——斷氣的時候，眼睛閉上的那瞬間，就什麼都沒有了……一想到這樣，我真的好痛苦。

——暑假也要結束了，我不想回學校去面對那些人……

——有些事情不去做，只會越來越難過罷了，該了斷的，還是要去了斷。

——我已經覺得很累了。

螢幕突然一片漆黑。我嚇了一跳。

好像是 CPU 過熱了。

小兔八成也嚇到了吧？我連忙重開機。

腦中有太多句子想要問小兔了……想問她學校的情形到底有多糟，也想問她家裡的經濟狀況好轉沒，更想要好好鼓勵她一番。不過，當時的我，根本不知道自己的電腦已經徹底休克了。

電腦根本無法開機。小兔萬一誤會我是想逃避她，那該怎麼辦？

「什麼時候不當機，偏偏挑這種時候！」我吼著衝下樓梯，緊急把老弟挖了上來。但是，等到用他的電腦安裝完「漫遊點看」的一堆外掛軟體之後，已經是十分鐘後的事情了。

小兔已經離線了。

老爸才剛下班回來，就又載著我的電腦趕往市區。雖然如此，我的情緒還是低落到不行。

不久，老闆打電話來，說是硬碟壞軌，C槽的資料不保。

「反正明天下午就能拿了，很快啦！」老弟安慰我道。

我無奈地點頭。「嗯！如果你有看到我朋友上線，要叫我喔！我怕她自殺。」

「不會這麼巧的啦！」看來老弟還不懂事情的嚴重性，才會這麼樂觀。

我坐回電腦桌邊。原來，在自己的小房間裡，把電風扇的強度調高，邊吹著大風邊上網，是多麼享受的一件事。電腦桌上沒了主機，只殘留著亂七八糟的電源線和USB傳輸線，像是一片戰後的廢墟，也像現在的「漫遊點看」。

如果對預告殺人魔事件坐視不管，我的網友們也會一個個離開漫遊吧？能和大家安安心心地在一起就夠了。哪裡都不用去，也不必用其他的通訊軟體，只要在這塊場地裡就好了。這是屬於我們的線上城市，我們可以像以前一樣去那個有如市政廳般便利又氣派的首頁中遊玩，在網站上的各個趣味功能中橫衝直撞，不用擔心誰會離去。

大家都可以一直開開心心地，即時分享好聽的音樂、充滿創意的KUSO線上影片，也可以一起聽網路廣播、看線上電視……就在這裡——「漫遊點看」。

這是我們的家，就像是一個袖珍而精緻無比的小人國……我們居住在這裡，這是一個能被捧在手心裡的國度，而我們透過小巧的滑鼠與鍵盤來交流。我們就是故事的主人翁，可以每夜製造出一個又一個的都市童話，然後在故事的結尾裡，我們都將成為幸福快樂的王子與公主。

好想回到那個小人國去啊！遠端共享的桌面就像是我們的面孔，人生一經過數位訊號的洗禮，就像是咖啡豆被濃縮成了即溶咖啡粉。

如果這樣想的話，即使是被囚禁在網路裡的星藍，也一點都不可憐。其實，我們和他都一樣。

我們都離不開網路。是的，在網路裡面，我們感覺安全，就像永遠想要回到母親的嬰孩身旁；或者，在網路裡，我們可以和別人分享另一個自己。

在那片歡樂嬉鬧、偶爾也有紛擾的小人國中，有著另一個自己，而與網路連接的電腦硬碟裡，則保留著這份自我的所有記憶。一旦硬體損壞，這種失去一切的感覺真是痛徹心腑。而就在這個失去部份自己的夜晚中，我流著不知原因的眼淚，靜靜地睡著了，在睡夢中的我，騎著巨大的白兔，潛入魔影重重的森林之中。睜開眼的時候，氣氛迥異的燦爛陽光，正巧被我的大呵欠吞進嘴裡。

我嚥了一口溫暖的空氣，就這樣醒來了。吃過早餐之後，我騎著單車到市區找網咖，一解對網路的相思之愁。剛走進網咖時，一個精瘦的男孩朝我打了聲招呼。

「學姐！」他很親切地對我笑了，即使我當場腦中一片空白。

啊！是之前籃球隊的學弟，好久不見了呢！我在陣陣暖意中重拾過往的相處片段，看著他熟悉的臉孔微笑。

他手心裡正牽著另一個女孩的手。

「學姐，這是我女朋友，我帶她來看我比賽。」

「妳好。」我急急忙忙地朝對方打了個招呼。「哇！你說你來比電玩啊？」

七、新ID

「是『創世紀之戰』的西區選拔賽啦！我先來這裡準備，等一下十點半就要開打了。」

「原來是這樣，OK的啦，我就先恭喜你啦！加油唷。」我也報以微笑，全身暖洋洋的。

平常的日子裡，彼此都經常在線上，看見對方的ID上上下下的……但即使那麼久都沒說過一句話的我們，依然能夠在這樣的偶遇場合裡，相視而笑。

老朋友的笑容真是太好看了，勝過任何表情符號，或者線上的笑臉動畫。

被好久不見的朋友注視著，然後對彼此微笑……所謂的友誼就是這樣。

這樣一想，就能充分感受到星藍的哀傷。現在的他，連這點簡單的幸福都無法擁有。我懷著這種寂寞的想法，在網咖裡認好位置。

小兔依舊沒上線。不過，我都隨時可以找到星藍。

「從昨天傍晚就沒看過她了耶。」星藍說。

「這樣啊……那昨天晚上，有發生什麼大事嗎？」

「我查到一些東西，不過基本上沒發生什麼大事。喔，小緋，妳昨天晚上出去玩了嗎？沒看到妳上線。」

「哈哈，其實是電腦壞了，今天下午才要去拿回來。」

我翻著漫遊的影片專區，有個點閱率很高的影片，縮圖的主角是一個還滿粉嫩的年輕女孩，讓人忍不住想點選進入。

影片不長，只花了幾秒載入，全片鏡頭都是一個甜美的女孩穿著爆乳小可愛，正對著鏡頭說話的模樣。雖然是個外表正常的妙齡女孩，卻語出驚人。

她說話的對象，正是當紅話題的主角——預告殺人魔。

—來找我吧！我就在這裡等你唷！我想認識你，一起約會吧！

當然，她還說了很多認同殺人魔的話，只是我懶得轉述了。總之，這是個莫名其妙的影片。

把網址轉給星藍之後，我將那女孩的帳號複製起來，直接貼到搜尋引擎的查詢框中。

Cutiepat01，很可愛的ＩＤ，但是個人檔案上的資料全數空白略過。也許是一個滿新的帳號吧！我把資料貼到E-MAIL、再寄給自己，準備回家繼續查。

此時，星藍告訴我一件驚人的消息——預告殺人魔又開始放話了。

—今天會是大日子，我要拯救你們這些可悲的人。等著在晚報頭條看見我

七、新 ID

的名字吧！

這次也只留了這些模糊不清的訊息，真是個孬種，我已經對這樣的預告感到厭惡了，但星藍卻依舊鍥而不捨，對我的回應也有一搭沒一搭。

我就像是個賭氣著男友忙於電玩的女孩般，氣呼呼地關掉了星藍的通話視窗。

也該回家了。雖然很想留下來看學弟爭奪電玩選拔賽的名額，不過我想，和家人一起分享午餐時間也很重要。

從這裡騎車回家又要花上整整半小時，我最好塗完防曬油早點出發。關機之前，我依依不捨地瞧了「漫遊點看」的首頁一眼。

一定可以把星藍救出來的，所以，現在也不需要那麼著急。相對於陰暗的網咖環境，外頭的喧鬧街景正在玻璃窗外盡情地發射著甜蜜射線，可愛的寵物狗跟在情侶檔後方走著；青澀的高中生剛結束這週的模擬考，表情一派輕鬆，咀嚼著滿是青春味的口香糖；西裝筆挺的業務員，也昂首闊步地踏過斑馬線，替自己的前途出征。

花店的外頭，擺放著七夕的花朵與巧克力包裝，幾個穿著帥氣 POLO 衫的男孩正在選著告白當天要用的花束，表情既期待又羞澀。

未來的某一天，也許可以和星藍手牽著手，走在這片美麗的商店街吧？所以，現在暫時分別一下也無妨，我可以很乾脆地離線，走出網咖。

我一定要找到接縫，讓星藍自由的那道接縫。

不過，話說回來，網路與現實的接縫是什麼呢？是攸關生與死的那一條細線？還是當網拍買家拿著詐騙集團的假帳號，走到ATM前的那一瞬間？

既然都是空隙，隨時能鑽出來，當然也可能隨時跌進去，必須要小心才行。

單車的輪身震了一下，輕易地越過了地表的施工坑洞。我用腳尖旋轉踏板，穿越了一重重的人潮與如夏日波浪般耀眼的街景。整座城市在豔陽下閃閃發光，彷彿是被千萬塊碎玻璃割成了明晃晃的零碎場景。

屬於我的那一座線上城市，原本也只是由這麼零散的場景所拼接而成的。但是最後，它已經不再是一堆好看的珍珠色面板、FLASH動畫、圖片，或者超連結。

它是我的小人國——「漫遊點看」。

就連騎行在這座實體城市的我，都還在可以飛越馬路與紅綠燈的瞬間，感覺到「漫遊點看」的存在。

當我移動手指與眼球，在跳接的超連結之間奔馳，網路世界的大海浪也會像軌道上的高鐵列車般，殺氣騰騰地呼嘯而過。

不過，我的小人國一定會平安無事的，因為它有我們在。我、小兔、星藍、虎兒，還有很多很多的朋友們。

我們都是小人國的王子與公主們。

我們一定可以過著幸福快樂的日子。

在等紅綠燈的時候，我哼起了兒歌，用的還是R&B唱腔。大概是因為唱得太差，旁邊的機車騎士都不免用鄙視的眼神打量著我。

不過，那也無所謂。

反正在網路裡，我們都會是小人國的王子與公主。我們彼此凝視，在毫無雜質的玻璃屋中呼吸。總有一天，大家會發現，彼此間原來存在著許多關係。

到時候再來相認吧！萍水相逢的人們。

⧐

送修的電腦回來過後的一小時內，我對著視窗連連嘆氣。C槽的資料果然全都不見了，那感覺真的好不舒服。一片空白的資料夾裡，過往的生活記錄已經不復存在。

就好像有人把我的內臟挖了出來，並且在我眼前吞掉了它們。

不過，對於張貼下列這條訊息的人而言，我的難受根本算不了什麼。

──【尋人】十八歲高三女生，四天前與不明網友外出約會，至今未歸……

撰寫這張佈告的，是一名非常年輕的母親，而文中的失蹤女孩正是她的女兒。

如果沒標示失蹤者的年齡，我直覺地會想到小兔。不過小兔和我都是高二生吧？所以這層假設並不成立。

尋人文章是從別的論壇轉過來的，內容提到，失蹤者曾與家人大吵一架，之後吵著說要搬出去住，便回到自己房間開始收拾行李。

我點了一下星藍的ＩＤ，問他對這件事情的看法。

「小緋，妳要幫忙找嗎？」他問我。

「都看到了，想說找一下吧！」

「那個失蹤的高中女生，有輕生念頭嗎？」星藍反問我道。

「沒有喔，看起來反而像是熱戀中的樣子。怎麼了？為什麼問這個？」

「這個說來話長，妳要聽全部嗎？」星藍回答。

「嗯。」

「妳知道預告殺人魔很愛換帳號吧？」

「對呀，他會一直註冊新帳號。」

星藍繼續解釋道：「剛來漫遊的新訪客不是都沒什麼朋友嗎？所以我會主動和每個新訪客攀談，順便看看他們有什麼舉止異常的地方。」

「嗯！然後你發現，他們全部都想自殺？」

「不是。我發現其中有幾個新ＩＤ很怪，明明應該沒什麼使用漫遊的經驗，但卻很懂得使用那些進階功能，比如說聊天室字串搜尋，他們會去搜尋一些字根然後去找自己的同好。但是我跟蹤到幾個新註冊的ＩＤ，因為是初來乍到，明明應該很急著想要交些熱心開朗的朋友才對，但他們所搜尋的關鍵字，卻都是『自殺』、『消失』、『永別』這一類的字。」

「所以你覺得，他們想一起自殺？」

「不是，他們並不是想一起自殺或是談心，如果是這樣的話，他們應該會很熱衷和彼此攀談才對，但是我發現了，這幾個新ＩＤ加入聊天室之後，幾乎都很少說話。相反地，他們會一直要求其他有輕生念頭的網友，把遠端桌面開給他們看。」

我有點聽不懂了，只得請星藍直接講出他的結論。

「我覺得，那些新ＩＤ全部都是預告殺人魔的。他喜歡找有輕生念頭的人，喜歡觀察他們……當然，也有可能是在想辦法接近那些人吧！」

「唉！你為什麼不早點告訴我？」我扯開嗓子問道。「我有個朋友，小兔，她也想自殺，偏偏昨天我電腦壞了之後，她就沒有上線了……」

「對不起，小緋，我不知道……」

「沒關係，沒關係。」我站了起來，突然意識到自己應該道歉。

「對不起，可是，我真的很急，你可以把那些聊天室的ＩＤ名單給我嗎？我想要找找看小兔在不在裡面。」

如果有，就表示小兔有可能被殺人魔盯上了。如果沒有的話，我還是應該要很著急地把小兔找出來，好好安撫她一番。

否則不等殺人魔殺她，她也可能會先殺死自己。

八、震驚的真相

有人說，網路是扮演他人的最佳場所，但我卻覺得相反，網路應該是在扮演自己的場所才對。

對出生於中產階級小康家庭、生長條件普通卻幸福的我而言，或許做自己是件很輕鬆的事情吧！父母都是善良又少根筋的人，無論做什麼都不會遭到強烈的質疑，學費也不用自己出，這樣的我如果還不能做自己，就對那些兢兢業業過生活的人太抱歉了！

現實生活中的我很普通很平凡，只是個隨處可見的喜歡上網、熱心幫老師處理電腦與網路的女高中生。在班上不顯眼也不亮眼，清湯掛麵的黑髮側分，假日偶爾展現一點時髦感，穿的用的都是平價質感的網拍貨，不覺得人生有什麼不足，也未曾有過什麼缺憾。這樣的我，在同儕面前看似無害，其實班上也曾經散播我在網路上「經常說人壞話」的傳言。

一定是做自己做得太順手，打網誌、玩臉書時也不經意地展現出自己齜牙咧嘴的本色。

偶爾，我也想過自己在現實中是不是個很討厭的人，因此，也曾努力在網路上扮演更討喜的角色。

我衷心地想讓每個跟我交流過的網友們開心，只要打打字，好像在網路上交朋友，遠比現實中更簡單。

於是，不知不覺地，我開始在網路上、現實中都扮演著不一樣的自己——憤世嫉俗的我、人群中沉默低調的我、只要下午能上電腦課就開心不已的我、與星藍陷入羞於啟齒戀情的我、在這個暑假努力追緝網路殺人魔的我……就像三棱鏡投射出來的彩虹般，這些都是我的一部分。

國際媒體也說了，這是個關於「我我我」的時代，但，我們經常過度傾聽於「我」的聲音，而忽略了彼此真正想說的話。

我認真潛入小兔臉書網誌上的文字，也許她會在那上面留下什麼線索吧？

——Aug 07 Sun 20XX 20:15

終於做了這個決定……所以，可以微笑了。我想自己一定不會後悔的，因為活著真的很辛苦，太辛苦了，所以不適合這樣的我。

至少，我想要做自己。這是她跟我說的，我曾經想說，如果能讓大家都覺得我是個幸福的大小姐就好了，如果全世界都可以認同我的幸福就好了。

但就只有她不那麼想，她非但不那麼想，還把這些事情寫到自己的部落格上，她說，我應該要做自己。那種給人大小姐感覺的我，就不是真的自己嗎？每當我難過的時候，就會一直想到這些話。到底怎麼樣才是自己呢？如果只要不去管別人，就可以當自己的話，那也沒有其他人能說服我不能做以下這些事情。這樣只會讓我更痛苦而已……

別再說服我，說我很幸福；別再說服我，要我別去死。這是我唯一能為自己做的決定了。

再見了。不，其實我不想要再見……應該說，永別了。

我要去做自己了。

我現在縮在自己的椅子上，靜靜地把這篇文章看完，這是小兔臉書網誌上的文章，最新的一篇。

「這篇文章我看完了喔！星藍。」我的聲音在發抖。話語中的微弱震波，連身處黑暗網路空間的星藍，都能清楚地感受到。

「怎麼了嗎？小緋？」他揚起的聲調溫和，卻帶著緊張的力道。

我把一篇部落格的網址丟給他，星藍讀了下去。

八、震驚的真相

——Jun 11 Wed 20XX 11:39

我瞧不起那些人，那些不能勇敢做自己的人。

為什麼要整天拍照，卻把照片中稍微不上相的東西完全刪除呢？

為什麼明明是自己的網路相簿，裡面卻只放帥哥美女和可愛的寵物而已呢？家人呢？那些長得比較平凡的朋友呢？為什麼就不在臉書上提起？

為什麼只是買個網拍的便宜衣服而已，就要遮遮掩掩的呢？還騙人說是去專櫃買的，直說是網拍就好了啊！有這麼可恥嗎？

拜託，我並不會因為這樣就嘲笑妳們啊！明明都是同班同學，明明都是同樣年紀的女生，活得輕鬆點好不好？

為什麼要那麼在意別人的眼光呢？

隨時都把自己關在那種充滿目光的框框裡……我瞧不起這些人。

「這篇是誰的網誌啊？」星藍問。

「是我的……」我用乾啞而無助的聲音回答。「是我的網誌。」

「咦？可是……」

「我不知道，我不知道小兔看過我的網誌……」我緊緊地握著滑鼠。「她也不知道寫那些東西的人，其實就是每天安慰她的網友。」

星藍沒有回答。也許他又在看著那兩篇相互對話的網誌，也許他只是不願意說話，我不知道為什麼。

我只是靜靜地說出這個早已作好的結論。「如果她自殺了，就是我害的。」

「這……當然不是啊！妳怎麼會這樣想？她不會因為這樣就自殺的啦……喂！妳在聽嗎？」星藍慌忙地喚道：「小緋！妳聽我講啦！」

我對著麥克風微笑，明知道星藍看不到，但我依舊笑著抹去眼淚。「沒關係，我只是腦中一片空白……」

「妳沒怎麼樣吧？」星藍問。

「小緋，怎麼都不回我剛剛的訊息呀？」在線上等了許久的虎兒，也傳訊息來問。

「沒事，等等我喔！」明明淚流滿面，我卻加上笑臉符號，對著虎兒的ＩＤ送出文字。

也許，我身上只是裝載了一個情緒的開關，可以在哭與笑之間靈活轉換，就跟瀏覽器的分頁一樣，明明只隔著一層薄薄的視窗頁面，卻盛裝著迴異的內容。又也許，我身上還有個恐怖的開關，言談間、無意中，就能使身邊親近的人，因為我的話語而想自殺。

原來，我是個這麼醜陋又恐怖的人啊！

房間的走廊外傳來急促的腳步聲，是老弟。

「怎麼哭了啦？」他率真地問著我。

「沒什麼大事，我只是寫了篇東西，害死我的同班同學而已，沒什麼。」

「妳不要用那種語氣講話好不好？」阿雷靜靜地把小兔和我的文章看完。

「其實……也沒這麼嚴重。」阿雷深深吸了一口氣。「每個人都會有自以為瞭解別人的時候。」

「也許，我一直就是這麼自以為是。」

「也不是這樣啦……妳和小兔，完全就是不一樣的人啊。」阿雷苦笑著，露出左臉頰的溫暖酒窩。「她根本不知道怎樣才是『做自己』，但是妳完全不一樣，妳是很難被別人影響的人，又很有主見……」

阿雷說的也並不一定對，但我沒有爭辯的打算。

他苦惱地拍拍坐在椅子上的我。「可是，妳根本也不了解她們啊，妳也不應該一口咬定，她們就一定不是在做自己。」

「你說得對，真的。」我低下了頭。「問題就在這裡。我明明是這麼自以為是的，卻還以為只要把網誌鎖起來就沒事了……但重點根本不是網誌被別人看到、還影響到對方的問題……重點是，寫出那些東西的人是我。當初寫的時候，我也以為在做自己啊！不過，也許我只是想寫自以為是的東西，好讓路過的網友覺得我很厲害而已。」

「不是什麼事情都有那麼明確的理由吧。」阿雷坐到我身旁，認真地望著我的雙眼。「哎唷，不是每個人都能真實做自己的啦。妳也許覺得很懂自己什麼的，這樣很好，很勇敢啊，可是，不是每個人都有辦法像妳一樣。」

我瞇起眼抵擋淚水，自己的確太過偽善了嗎？在現實生活中傷害他人，卻努力在網路的世界中阻止著同一個人，要她別去自殺，未免太強人所難了。

「不過，我覺得現在後悔也無濟於事了，我只能想辦法去善後，去彌補自己做錯的地方吧！」我對阿雷說。

「就去做妳認為該做的事吧。」阿雷朗聲笑了起來。「用妳樂觀的行動力去做點什麼吧！」

「可能我不會是那種想自殺的人吧！雖然我很狡猾，然後又偽善……但我就是不會想去自殺。」

「想這麼多做什麼？老姊，好好活著就好了啊。大家都只是在做自己認為正確的事，活著本身就是要不斷解決自己和旁人的問題。」阿雷莞爾道，他撩了撩我的髮際線，然後給我一個擁抱。

一個很久的擁抱。

「想自殺的人，不管怎麼樣都會想自殺。」阿雷輕聲地分析著：「她們自己心裡有想法沒去跳脫，自然什麼都會想到壞的方面，我們也沒辦法二十四小時看著他們啊！看看未來還有什麼該做的事情，盡力去把它做好……這樣就好。」

「嗯……」我抬起頭說：「一定要趕快！一定要把網路殺人魔找出來，不然我就真的親手把小兔送上他的祭台了……」

ID戀人：危險戀愛事件

九、搜救兔子

連續打了好幾通電話問班上同學知不知道小兔的事情，這些人平常連她臉書的讚都懶得按，反而還訝異地反問：「小緋，妳什麼時候跟她這麼好了？」

也許，現實中的我與小兔就是兩道平行線，座位分很開，課程上也從未同組過，但沒有時間感嘆了，拖得越晚，小兔的生命就一點一滴在流逝。

終於，我聯絡上久久不接電話、正在國外渡假的班導師，詢問她是否知道小兔打工的地方。

「哦！貞依啊……」聽見現實中反而感到陌生的小兔本名，我有些恍神地一邊聽著一邊回想。

「我想起來了，她在大賣場打工，因為比妳們還大個一兩歲，她先前跟我報備說暑假會安排打工。」老師準確地說出小兔打工的時段與店名，真是幫了大忙。

我帶著阿雷前往小兔打工的地點。當時已經接近晚上十點半，量販店快打烊了，但該晚值班的員工會留在內部整理貨品。

「既然她有準時出勤，應該在我們這裡很安全啦！」主管或許認為我是來找碴的，頻頻嘆氣。但他仍對著無線電呼喚小兔本名，要求她到櫃台來見我。

然而，小兔一直都沒有回應，主管又在無線電中找了幾個賣場人員詢問，大家也說沒有注意到她。

「那可以讓我親自進去找嗎？謝謝！」

阿雷用肩膀護著我從結帳櫃台奔入，警衛因此跑來察看，但我想他們此刻該留意的對象不是我，而是網路殺人魔才對。

「沒事，妳找妳的！」阿雷喘著氣從我身後跑近，說明了後方的情形。「經理說有必要會請警察來支援，已經請賣場其他閒置人員去找小兔了！十點剛過時，有女員工看到她在食品罐頭區下架商品。」

「好，謝謝你。唉！希望是我們大驚小怪……」我轉身跑進賣場熟食區。

「星藍，你能追蹤小兔的手機位置嗎？」

「她沒有開啟GPS功能，追蹤不到，而且，GPS不支援室內的精密搜尋。」我有種碰壁的感覺，身心卻與星藍急促專注的語氣合而為一。當我在賣場奔跑時，我能感受到星藍也正在湍急的網海光流中找尋線索。

他就跟我一樣著急。

一串輕音樂透過廣播系統響了起來，優雅的女聲開始說出送客台詞。「感謝您今日的光臨，本店將於五分鐘後結束營業，請尚未結帳的顧客們往出口移動，謝謝您。」

「我去員工辦公室借監視器畫面，看看有無可疑的人影。」阿雷的身影從罐頭架後方閃過，他回報完立刻閃人。

打烊前的急促人流往我身邊閃過，我在人龍中奔跑著相反方向。

「對不起，借我過一下！」

渾身像是被火焚燒般不舒服。如果這就是上天給我的懲罰、責怪我讓小兔難過，那我也甘願接受……

好想親口對小兔說聲抱歉！好想現在就找到她，跪在她面前請求原諒。

無計可施之下，我拿起了手機留了語音信箱。「小兔，我現在在妳工作的賣場，大家都找不到妳非常著急……拜託妳出來好不好？對不起！妳不要離開這人世好不好？」

我也打開小兔的漫遊帳號和臉書訊息框，鍵入一樣的話語。

「22：35分，已讀。」系統回傳給我這條訊息。

小兔現在在線上？

九、搜救兔子

「小兔！」我又傳了訊息過去，等了幾秒，確定訊息是被刻意忽視了。

「可惡……」我喃喃自語，再度快步奔跑起來。

「小緋，不要著急，我已經去註冊臉書帳號，我會一直傳訊息給她，這樣不管她或者拿她手機的人想幹嘛，至少可以拖延一陣子。」

星藍機智的語氣讓我稍稍平復了心情。我繼續在賣場穿梭，迎面而來的是如退潮寄居蟹般慌忙的人群，以及向我搖頭的工作人員。

「還是沒有看到她耶！我們會繼續找！」

「拜託你們了！」我奔過一處大型電視主機，裡頭正播放著「創世紀之戰」的精彩國際電競賽事，高擬真音響也頻頻傳出遊戲打殺聲。

「星藍，可以請你幫我查一下賣場的平面圖嗎？我想小兔是不是躲到備貨倉庫裡了……」

星藍竟然沒有回應。我望著手機的 3G 收訊，一切良好啊！真奇怪了！

這是第一次跟星藍在通訊良好的狀態下被忽略，我站在電競區的大音響旁，望著手機中星藍的上線綠色燈示，百思不得其解。

「喂？星藍？」

耳畔，只有電視中的電玩選手們、下指令擊殺魔怪的特效音。

不能再浪費時間了！我邁腿繼續前進。

「我們有去家電倉庫找了，都沒看到人，現在人群都結帳完畢了。初看監視器，沒有拍到貞依走出去的身影！」一個掛著名牌的資深男經理主動跑來對我說。「現在我們要去冷凍櫃和中央廚房找，妳要回外面等，還是要跟過來？」

「我跟你們一起去！」我高聲地回答。

才剛說完，阿雷也加入了我們的行列，與賣場經理一起並肩跑來。

「後面問了兩個員工都沒看到小兔！」

「別擔心，一定會找到，這裡就這幾個地方而已！」看到經理大叔堅毅的神情，我也不禁受到鼓舞。是啊！現在慌什麼？我們有這麼多人呢！

急速的奔跑使我汗涔涔，一路奔進麵包西點區、炸食區，各種混雜的香味也隨即湧出。

「冷凍庫裡面有個保暖的通道通往廚房，有兩個門，不用擔心被反鎖！我從前面，你們可以去廚房打開另一扇門，我請領班在那裡先幫我找了！」

一開冷凍庫，我只見一個人影倉皇跑了出來。

九、搜救兔子

在這種盛夏的大賣場中，他竟穿著羽絨外套！戴著口罩的他看不清楚臉，高大的身材卻讓人難以忽視。

那是個足以穿著吉祥物外衣去行兇的身形。

「殺人魔！」我寧願錯指對方，也不希望讓可疑者逃掉，包含阿雷在內的兩個旁人立刻過去追捕他。

「什麼都沒做的話，為什麼要跑！」阿雷喊道，拉過一輛手推車就跳了上去，推車筆直衝向前，立刻撞到了對方。

嫌疑犯身後一大架的罐頭商品也紛紛掉落，幾個男員工立刻衝上去壓制他。

「小兔，那小兔呢？」我急忙衝進冷凍庫，唇邊呼出的氣體瞬間成為空氣中的霧狀白花。

我揉著眼睛適應變暗的光線。

有個女孩的手機掉在地上。

散發昏暗冷光與肉品寒氣的冷凍庫彷彿是另一個與世隔絕的地方，緊接著，我步步逼近，想看清楚手機螢幕上是否留下了什麼訊息。

沒有線索，但一陣陰影卻忽然遮住了我的視線。

「哇！」前方現身的人影嚇了我一跳，原來是方才說要從前方開門過來的男經理。

「這是她的手機吧？」經理驚慌地指著地上。

「先……先不要動。」我顫抖地說：「萬一是案發現場的話……」

說真的，我們都不敢想下去了。

半分鐘後，我們在冷凍庫的最角落，找到了小兔。

她失溫很久了，但脈搏、心跳都很明顯。我忘記後來發生了什麼事，只知道自己不斷地用員工們拿來的熱毛巾裹住小兔，任憑自己胸口被沾濕也完全沒感覺。當身後伸來老弟的暖和雙手時，我才知道，因為我只顧著緊緊地抱住小兔，醫護人員喊了我好幾聲都沒聽到……

到了最後一刻，我還是像個笨蛋一樣。

「老姐，可以了，她沒事了。」阿雷心疼地撥開我額前的亂髮，把我從小兔身上扶起。

「謝謝妳……謝謝妳……」小兔的爸媽也趕到了，拼命對我道謝。但我空白又沮喪的腦海中，僅能勉強擠出一句又一句的「對不起」……

預告殺人魔落網了。警方押著那個高大的男人進了警車，而他就像大部分的嫌犯一樣，戴著安全帽，低頭啜泣，皮膚黝黑、滿臉青春痘疤，看起來十分悲傷的一張臉。

當天最新的深夜新聞畫面，將由SNG車傳到全國觀眾的眼前。

⊳

我蹦蹦跳跳地奔出客廳，快步衝上樓、打開電腦螢幕。

網路世界立即掀起了歡欣鼓舞的巨浪，網友們像是在辦一件跨越國境的虛擬喜事，從「漫遊點看」到臉書，從BBS到網誌，走到哪裡都是歡聲雷動。一旦這樣的狂喜熱浪打了過來，連星藍都感受到那股絕妙的興奮。

這也是他忽視我一個多小時以來，第一次主動聯絡我。

「小緋，很高興妳們和小兔沒事，殺人魔也落網了！」星藍的語氣有些亢奮，像是剛跳過一小支快樂的舞。「抱歉，沒幫上什麼忙……一回神已經是這個時間了。」

「沒關係，只是……我反而想問，你還好嗎？」我這才發現星藍並不記得方才忽略我一小時的事情。對於他而言，方才的毫無回音，只是一瞬間、一回神的事情而已。

他到底恍神去哪裡了？

明明燈號顯示上線，這還是他第一次這樣。

就好像他的心靈在網海裡，卻接觸不到我的意念。恐怖的抽離感，讓我起了雞皮疙瘩。

「星藍，你說過你沒有臉，但隱約還記得自己的臉。那你的身體呢？你的身體到底在哪裡？」不知道是怒意或者疲倦，我今晚無法抑制自己的多話，硬是要追根究柢。

內心有種聲音在提醒我：「小緋，即使妳被這個男人騙了，那也該到此為止了！別再相信那些鬼話連篇的網路訊息了！」

「小緋。」星藍的聲音聽得出一絲受傷的痕跡。「從我有意識以來，我就在這裡了，雖然我的過去、現在與未來都是一片混沌，我也不知道我是已經死了、或身體發生了什麼事……但遇到妳，每天聽到妳充滿活力、又替旁人著想的積極語氣，雖然有時近乎瘋癲，但卻很可愛。我覺得我必須停止質疑自己在這裡的意義……畢竟，也唯有出現在網路上、生活在網路上，妳才有機會闖進我的意識中……也許，妳內心的某個地方終究覺得我胡言亂語，或者認為我是個噁心的人……但，我每一分每一秒都很想離開這裡，好好地在陽光下看看妳，親耳聽聽妳的聲音，而不是透過這些數位的網路訊號……」

聽見星藍哽咽又無助的殘破語句，我感到很抱歉。

我總是這樣，無意間就傷害了許多與自己親近的人。

聽得出星藍對自己完全沒有自信，甚至認為我覺得他噁心。那我過去因為星藍而擁有的這些戀愛般的迷幻悸動，又算什麼呢？

我真的是個沒有用、又不懂表達自己情感的笨蛋啊……

「星藍，對不起，因為太想知道你的事情，你的每個不對勁，都是我找到真相的線索……才會問得這麼急。讓你不舒服的話很抱歉，我也很想親眼看看你啊！」

「前提是……」星藍換了個幽默俏皮的口氣。「如果我的身體還存活在這個世界的話。」

「還是，你是平行時空來的人，例如來自過去或者未來的人？」我搖了搖頭。就在這瞬間，我們又開始共享著舒緩而微甜的淘氣氛圍。

竟然能拿這種處境來開玩笑……不過，面對自己無法立刻改變的事物，本來就該有一笑置之的勇氣吧！

也就是這份勇氣，告訴我自己必須努力想辦法找出星藍被囚禁於網路的真相。

雖然，還是不知道他今晚為什麼忽然接受不到我的訊息、聽不到我的聲音，也不知道他這一個多小時到底心神跑到哪裡溜達了……

「星藍。」我安慰他道：「想不起來也沒有關係啦！一片空白，有時候是最好的解答。」

星藍透過網路音樂共享功能，再度將珍藏的嘻哈音樂放入我的房間。巨大的音樂猛獸出閘了。真正的音符也許無法複製出雙倍的快樂，但我和星藍的高漲情緒卻製造出了強勁的能量。真實的愉快會讓身體不由自主地舞動起來，如瀑布般的輕快音律就這樣落在我的頭頂與肩膀上，彷彿一陣激情而豪快的陣雨。

溫馨而輕快的歌曲中，歌曲中的女主唱正在唸著風格歡快的饒舌，她的性

九、搜救兔子

感聲線融合著清脆而滑順的背景混音，編織在鼓聲裡，就像是心跳般，充滿了存在感。我看了一眼鏡子，裡頭的女孩正在流汗，臉頰也掛上了紅暈。如果星藍看得到的話，也許他也會像活動會場的ＤＪ般，露出得意的帥氣微笑。

「欸，老弟，跳舞啦！」

我想拉著阿雷的手在床上蹦跳，但他覺得很丟臉。

唉，哪裡丟臉了，根本沒有人在看嘛。又不是網站裡的遠端桌面。

漸漸地，我們因疲倦而安靜下來。

「感覺好不真實喔！」阿雷說。

是啊！好不真實。不過，真實又是什麼呢？虛擬世界裡的星藍，看得見真實嗎？看得見身邊流淌而過的數位訊號嗎？那些過時的廣告與電影中，對於「數位」的視覺詮釋就像是這樣的——藍色的、深邃而閃動著的0與1……這些意象，現在也正通過星藍的身體嗎？

星藍的真正身體到底在哪裡呢？在棺材裡？在很久以前的墳墓裡？某家精神病院裡？還是，已經消失在這個時空中了呢？

到底要怎麼找到他的血肉之軀呢？雖然星藍曾經說過，他想要從現實與網路的縫隙中出來，但我真的做得到嗎？這種莫名其妙的縫隙，我真的製造得了嗎？

老弟到現在還不知道星藍的事情，還以為他是一個住在某個異國的天才駭客。算了，如果告訴老弟真相，那我大概會被一輩子看不起。

如果這就是真實的話，就算相信的只有我一個人，也沒關係了。

我平復好心情之後，提筆寫了一封信給小兔，也就是我的同班同學，貞依。我一向不擅長手寫書信，畢竟眼前少了閃爍不已的好動游標，思路反而也停頓了，拖了好久才寫完這封信。

我一直在想著應該用暱稱、還是用真名來稱呼小兔，但最後，還是選擇了「小兔」。

畢竟這是個能夠表達真我的名字，縱使不是真名。

我到小兔的醫院去，雖然一直沒辦法上線，但現在的她，一定非常需要關懷吧！我又自以為是地想著。

十、逆向追蹤

夏日早晨的陽光，如一塊輕暖的毯子般在我臉上挪移。

「啊……八點了啊。」我這才搖搖晃晃地下樓準備早餐。今天媽媽一早就和爸爸去菜市場採買，阿雷也出門補習了，家裡空蕩蕩的。

「小緋，現在能見面嗎？」虎兒打電話來。

「不行，我要去醫院找我朋友。」

「妳可以見完我再去找妳朋友啊！又不衝突！」虎兒使出中性嗓音的盧人攻勢。

我也反問了。「為什麼不能先讓我見朋友，再跟你碰面？」

「呃……因為這件事很緊急，而妳朋友現在很安全吧？應該不急著碰面。我先直接跟妳說吧！」虎兒的聲音聽起來的確很緊繃。「記得先前那個主動邀約殺人魔的女高中生嗎？她一小時前又發佈了一個自拍談話影片……聲稱真正的殺人魔並沒落網，昨天那個是誤抓的！」

「怎麼可能！」我不耐煩地翻著白眼。「昨天那個人明明就可疑到不行！那女的一定是在亂講，唯恐天下不亂吧！」

我對新資訊的接受度不高，即使聽到了虎兒的情報，仍是先反駁一番再說。但過沒幾秒，我又覺得這麼斬釘截鐵的自己十分幼稚。

「好吧！詳情碰面再說！」我嘆了口氣。虎兒雖然喜歡變裝、做不同性別的打扮，但這不代表他是反反覆覆不值得信任的傢伙。相對地，虎兒纖細又敏感的個性，往往能幫他掌握網路上許多細微末節的零碎情報。

其實，我先前也曾在網咖查了一下那位性感的棕髮女高中生的事情。

我甚至曾經存了她的網拍帳號，觀察她最近的網路交易流動情形。

真的很想知道為什麼她願意表明自己要和預告殺人魔「約會」、發表許多崇拜他的言論，甚至在影片裡面還穿著性感、言談也有著露骨的暗示。為了不讓這女孩受到傷害，一定要找到她才行。

在網路上追蹤到一個人的辦法有很多，但最常見的，莫過於是借用詐騙集團的手法，雖然我對於這種事一向嗤之以鼻，但也沒別的辦法了。

當時，我申請了一個與目標ＩＤ一模一樣帳號的電子信箱。等信箱到手之後，我用搜尋引擎的快取，找出那女孩的購物紀錄與下標賣場，向同一個賣家寄信。

—賣家先生你好，我是在上個月（7／1）跟你購買「betty雜誌款白底印花無袖洋裝c8103」的買家Cutiepat01，請問上次是請你寄送到哪個地址呢？因為最近租房子的地點有換，不曉得新地址有沒有給過你？我一直沒有收到你們的贈品耶！可以幫我看一下嗎？謝謝！

專業的賣場只需要半天不到就會回信，如果這個賣家口風比較緊，只需要再換另一個Cutiepat01曾交易過的賣家詢問即可。

好了，回信來囉。

—Cutiepat01水水妳好，上次妳報給我們的地址是L19超商的品竹店門市，很謝謝妳的詢問，但妳購買的產品本來就沒有後續的贈品寄送服務喔！我們已經將本信箱加入客戶名單中，有空歡迎來新賣場逛逛喔。

哦！原來是在超商取貨啊！雖然和我預期的有落差，不過也不錯了，至少可以知道Cutiepat01的生活範圍了，我決定私底下徵求網友去超商站崗。

我在漫遊與臉書繞了幾圈，很快就找到了適合的人選。對方是個在L19品竹店門市打工的女大生，個性感覺滿單純的，也很有禮貌。在攀談兩小時之後，我問她可不可以幫忙留意殺人魔邀約影片中的女主角，她一口就答應了，真不愧是敵愾同仇的反殺人魔網友。

十、逆向追蹤

與小虎在咖啡店碰面之後，我們打開他的筆電，繼續三天前的追蹤進度。

我用軟體把影片截成一張張的縮圖，傳送給自願幫忙的超商女大生。縮圖的畫質不錯，女主角的臉孔也顯得非常清楚，性感又甜美的臉部表情，還穿著爆乳小可愛，嘛著粉亮的嘴唇……實在讓人想入非非。殺人魔也許已經答應和她約會了吧？要趕在那之前阻止那女孩才行。

虎兒的頭頂上是一叢叢的超短運動風新髮型，頭頂的層次用髮膠抓得蓬鬆而帥氣。他的臉型中性，個子又高，有種格外迷人的氣質。他穿著純白POLO衫配灰藍色單寧垮褲，我則是雪紡紗襯衫和粉綠色短褲的組合。

虎兒繼續解說著他對殺人魔正妹的認知。「嗯！反正，她很漂亮就是了，又漂亮又勇敢，是真的很勇敢，勇敢到可以拿刀砍人的那種。」

「那是很猛沒錯，可是用『勇敢』來形容，好像有點過頭了。」我鎖著眉心。

兩人正討論著，殺人魔落網了，但「殺人魔正妹」卻依舊下落不明的原因。

「虎兒，那你知道她為什麼一直要找殺人魔嗎？」

「還有什麼理由，妳該不會以為她腦子壞了吧？那可真是誤會大了。」虎兒挑了挑眉。「她找殺人魔的理由當然跟我們一樣啊！」

「咦？」

「就是美人計啦！她單槍匹馬要抓殺人魔喔，很威吧？她親口告訴我的，我們聊過兩次視訊。」

「你們這麼熟啊……」我為這種網路上「朋友的朋友」關係的特殊際遇感到神奇。「然後呢？虎兒你跟她聊了什麼？」

「她說她會去第一次遇見殺人魔的地方，等他現身。」虎兒伸出纖長的手指往窗外劃去。「就是那家妳追蹤到的超商。」

「可是，她怎麼確定她看過殺人魔？」

「這個我也不知道，今天我是想當面跟那位殺人魔的正妹粉絲講講話，才把妳約出來的。」

「啊？」我笑了起來。「可是我也沒厲害到能把她招來吧？」

「妳不是有安排線人，在她家附近的超商工作？」

「那不一定是她家附近啦！嗯！反正是她生活圈的一部分就是了。」我皺了皺眉頭。「喂！虎兒，你不覺得殺人魔正妹離家出走的事情很怪嗎？如果殺人魔已經落網了，她應該也會自動回家吧？不然她媽媽會很擔心的啊。」

虎兒聳了聳肩。「不知道，不過青春期的少女本來就很少會考慮到媽媽的啦。真的，尤其之前又發生了一些事……」

我看了看手機。唉，時間不早，情報交換完畢，我也該去醫院找小兔了。

「晚點碰面囉！我先去醫院啦！你有什麼事再打給我！」

⊳

站在病房外頭的時候，我提醒著自己千萬別不小心就闖了進去。

要先等醫護人員來，然後請對方幫我把信轉交給小兔，對，實際的計畫應該是這樣的。不對，其實也不用等到醫護人員來，我只要走到護士的值班櫃台就好。

我慌慌張張地離開病房門口，轉入方才經過的走廊。

「能不能請妳，幫我把這封信轉交給１１０２房的林貞依……」我發現護士小姐的目光突然移開了，正感到納悶，她笑著指了指後方。

「她本人正在大廳看電視啊！妳就直接拿給她吧！」

我驚出一身冷汗，不過已經來不及了。

貞依，也就是小兔，正直視著我的雙眼，那份目光彷彿能透視骨髓。她看起來怎麼這麼瘦呢？細長的身影正扶著點滴架，長長的黑色捲髮披在瘦骨嶙峋的肩膀上。

她看著我的那瞬間，我哽咽了起來。

小兔在微笑。

「妳幹嘛這種表情？小緋。」

我啞口無言，只感覺到自己渾身的血液正在瘋狂奔竄，好想一走了之。不過，身體卻一動也不動，明明已經決定要好好向小兔道歉了，現在卻搞得這麼難堪……根本沒想到會在這種狀況下見到她。

「貞依，對不起。我一直很想跟妳說……真的很對不起。」

「唉，」小兔苦笑著。「我早就知道了。雖然ＩＤ和學校的信箱不一樣，不過我早就知道是妳了。」

「我一直很想跟妳道歉，如果我寫的那些東西造成妳的不舒服……」

「嗯，已經沒關係了……」她掛著一派柔和的表情，身為同班同學，我從來沒有看過貞依這樣的表情，就連她成為「小兔」的那些時光中，也很少使用

十、逆向追蹤

微笑的表情符號來表達自己的情緒。

眼前的這個人，真的曾經想過要自殺嗎？

「小緋，妳在網誌上說的那些話，真的沒有錯喔！妳是個很有想法的人……其實，我一直都很想像妳那樣。」小兔伸手示意我走到走廊的邊緣，讓路給來來往往的病人與醫護人員。

我很緊張，但還是伸出雙手，包覆住她單薄而蒼白的手掌。

我們進到她的病房。這是一張雙人房，中間掛著隱蔽的布簾，想必布簾後方也躺著另一個病人吧。

我壓低了音量說：「不管怎麼說，我寫在網誌上的那些話都太自以為是了，我不應該那樣寫的，真的很對不起妳。」

「不需要對不起啦！」小兔搖著頭，又是一臉苦澀的笑意。「妳寫得沒錯，其實，我真的覺得妳很有想法……看到那篇文章的時候，與其說是生氣、難過，倒不如說是，完全被震撼了……妳說的『做自己』，對我來說就好像是另一個國家的話一樣，根本沒辦法理解。我討厭這樣的自己。」

我沉默著，因為已經失去了伶牙俐齒的理由。我只覺得小兔不斷地在為我開罪，即便如此，心還是感覺好痛。

「不過，小緋，我並不是因為那樣想自殺的。我早就知道是妳了，所以其實那天還想要找妳商量的喔……想自殺，是因為真的有太多事情了……對了，那天妳突然下線……」

「嗯！我的電腦突然自己關機了，是病毒的關係。我很著急，很擔心妳，雖然有試著趕快上線，但等到都弄好的時候，妳已經下線了。然後……就發現殺人魔把妳困在量販店倉庫……」

「其實殺人魔早就盯上我很久了，這個我還是知道的。不過，妳離線的時候，我並沒有感覺到很失望或者什麼的喔！真的沒有，雖然心情很差，但我認為妳出了什麼事情才會突然中斷對話，後來我沒有等妳回來，是因為我的打工時間到了。」小兔說。

她特地解釋這些事情，只是讓我更覺得不捨。我看著她的眼睛，為什麼她感覺起來開朗一點了呢？是在容忍著我此刻的出現，還是真的已經沒事了？

小兔馬上就告訴了我答案。「其實，我已經很幸運了，沒什麼大礙，明天就能出院了。」

十、逆向追蹤

「還好，真的是不幸中的大幸……」

「是啊！可是昏迷的那幾個小時，真的好可怕，事後才開始後悔，自己之前到底在想什麼？竟然那麼執著地一直說想死想死，真是莫名其妙。」

小兔與我相視而笑。

「雖然說現在還有很多事情沒有解決，不過，我好想趕快上網，回到漫遊去，和大家一起分享遇見殺人魔的事情。嘻嘻，原來可以上網的日子那麼好呢！現在才注意到。」

小兔青澀地笑了笑。

「我可以抱抱妳嗎？」我問她。「我想抱抱妳這隻起死回生的奇蹟兔子。」

小兔朝我張開手臂。

她是一隻有著溫暖翅膀的兔子。

淺淺的陽光如泛黃的圖畫紙般，帶著溫暖的質地，簇擁在我的肩頭上。

踏過醫院的潔白走廊時，不少病患與我擦身而過，但我心情輕鬆，也沒什麼留意他們。

無意間，我聽見了身旁醫院義工的無線電響起。

「不好意思，轉院的病人現在在大廳，可以麻煩您帶家屬去報到嗎？」

不需在意的一句話，我隨意瀏覽著手機。

「星藍，虎兒，我等等忙完就過去囉。」

星藍立刻回覆，他的口氣中，柔情的笑意滿溢。「聽小緋的語調，一切都沒事了呢。」

「唉，還好小兔接受了我的道歉，讓我有種重新做人的感覺……煥然一新呢。」我苦笑，心中的愧疚仍存在，但面對星藍的溫言鼓勵，心中也有種受到肯定的安定感。

「等等我要跟小虎碰面，繼續追蹤那位殺人魔美少女……」我繼續說，與一張從大廳推入的病床擦身而過。義工慌慌張張地前去接應，病床上躺著一個看不出性別、頭髮很長的年輕人，雙眸緊閉。

「他的手指，他的手指在動！」彷彿是病患母親的女人驚訝地叫著，護士也露出喜悅的神色。

「這麼開心……難道是植物人或者漸凍人嗎？」我喃喃自語，邁步想趕快離開因病床而變得擁擠的走廊。

「手指出現暫時性的動作，也可能只是大腦的反應。」醫生不希望患者母親做過度的期待。患者的母親與護士又是一陣激動地喧嘩，義工則賣力地推著床架前往電梯。這些都不重要，我此刻在意的，是星藍再度保持了沉默。

「喂？星藍？不好意思，你剛有說話嗎？」

依舊是訊號良好，星藍卻又忽然沒有回應了。

就好像明明面對面說著話，對方的思緒與眼神都被猛然全然掏空般。

我感受到一股難以名狀的恐懼。

星藍到底怎麼了？為什麼不說話呢？上一次是在大賣場，這一次是在醫院，完全無關的兩個場所，卻接連出現這種詭異的反應。

我忽然有一種不好的預感。星藍再這樣下去，是不是有一天會離開我呢？

如果再也聽不到他的聲音，感受不到他的存在……這樣的星藍，算是離開人世了嗎？

我會永遠失去他嗎？即使只是一個夏天若有似無的戀情，我卻心痛如絞。

手機的那頭仍保持沉默，呼喚著星藍的我就像個傻子。

勉強讓我安心的，是螢幕上、顯示「線上狀態」的星藍ＩＤ燈示。

ID戀人：危險戀愛事件

十二、魔法消失

走出醫院時，天空是灰濛濛的一片，空氣中也暗示著降雨的可能性，宛如我此刻的複雜心情。雖然星藍的再度沉默，讓我不解又迷惘，然而，被小兔原諒的如釋重負，卻像溫柔的陣雨般包覆著我。

「小緋！」虎兒迎面朝我走來，搖了搖手中的傘。

「嗨！你好準時喔！」我往前走沒幾步，手機就響了。

「喂？請問是『漫遊點看』的網友嗎？ＩＤ叫做 rabbitFay 的女生？」對方劈頭就這麼問。「我是妳在漫遊點看的朋友，那天妳有拜託我……」

「哦哦！妳是在超商打工的那位小姐……」我緊張地跳了起來。「請問妳看到她了嗎？殺人魔正妹？」

「對，她現在就在我們店裡！妳說看到她就要打給妳……」

「對對對，太好了，謝謝妳告訴我！」

真是說曹操曹操就到。

「那個，不好意思，我五分鐘就到。麻煩妳，如果她要結帳的話，幫我拖住她一下。謝謝！拜託妳了！」

我轉頭對虎兒說：「殺人魔正妹出現在店裡了啦，我們五分鐘之內要過去！」

「啊？五分鐘？這怎麼可能？而且，過去之後妳打算幹嘛？」

「當然是勸她趕快回家啊！」我拉起虎兒的手腕，我倆的身影飛馳過斑馬線，在黃昏的商店街尾狂奔了起來。

可以感受到包包裡的手機正響個不停，但我根本沒辦法停下來接，只是繼續跑著、跑著，直到目標的超商門市近在眼前。

「等一下！」我對前頭的虎兒說，他跑得很快，大幅度地擺動著手腳，挺直著腰桿奔馳。

他也不打算照我的話停下來，就這樣直接衝進超商裡。

如果追著虎兒進去的話，也太引人側目了。我看到他的背影透露出一股老神在在的訊息，想必的確是看到殺人魔正妹了。

就讓他們去相認吧！雖然隔了一層落地窗，我還是對著剛剛打給我通風報信的店員小姐，打了個感謝的招呼，然後再慢慢地踱進店裡。

雜誌區前，站著一位焦糖棕微捲長髮的女孩，穿著豔藍色的單寧熱褲，暴露出一雙性感而均勻的長腿。嗯！就是她沒錯，她的確是殺人魔的正妹粉絲，引起軒然大波的網路影片女主角。

虎兒朝她走了過去，但她似乎沒有認出來。是的，一般都是這樣的，我想虎兒上次和她在網上見面時，使用的大概是女兒身吧！

號稱自己是殺人魔粉絲的正妹，眼神也朝我飄了過來。

「我是蔻蔻。」她漠然的眼神中，似乎隱藏了一些批判之意，同時，也帶著點好奇。「你們找我有什麼事？」

我虎兒一陣尷尬，只好先分別向她自我介紹。

「雖然你們好像對我很感興趣……但我勸你們別多管閒事。我想跟殺人魔怎麼樣，一直都是我的私事。」

「不，妳應該知道他很危險吧？怎麼可能讓妳接近他去送死？」我覺得自己像個白痴，重複著對方早就知道的話。

「我來跟她說吧！」虎兒一臉自信的模樣，試著安撫我。既然虎兒與蔻蔻相識較久，我也只得先退開了。

恰巧，手機不曉得震了第幾次了，我退到一旁的雜誌區，接起星藍打過來的網路電話。

十一、魔法消失

「小緋，妳現在在哪裡？」

「我我……我在超商，L19超商，在品竹區二段這裡。」我被他搞得也緊張起來。「怎麼了，星藍？到底怎麼了？」

「聽著，我先前模擬了殺人魔在醫院行刺當晚、虎兒所用的方法，那就是假造類似殺人魔的活動路徑。這幾天漫遊點看有將近二十組虛擬ID在發布假的打卡路徑，我特別把她們標記成藍色，但今天，紅色出現了。」

手機上，星藍傳來一張螢幕截圖，虎兒的手機也收到星藍傳來的同樣訊息。

「天啊！真的是紅色！你是怎麼鎖定紅色的呢？」

「我比對了殺人魔使用網咖與拋棄式網卡的IP上網位置，這次的紅色，跟行刺當晚的紅色是一模一樣的使用者！」星藍模擬的可信度，讓我與虎兒都緊繃了起來。

「看來蔻蔻說的沒錯……」虎兒的額角冒出了冷汗。「真正的殺人魔逍遙法外，現在正在預謀下次犯罪！」

「呃……」我重新整理了臉書最近轉貼的狀態，有人將這段文字轉貼，彼此警告：「疑似殺人魔的公告訊息，又出現了！」

星藍唸出了這段訊息：「真佩服你們這些蠢蛋，一個警察的大烏龍就能讓你們這麼開心呀？可別笑掉大牙囉！我又來了，現在正開車經過舊圓環的東區出口，猜猜我要去哪裡？」

「紅色路徑的確在十分鐘前經過了舊圓環！」星藍大叫，我與虎兒也分別放大了手機中的路徑圖。

「小緋，虎兒，現在怎麼辦？我已經把訊息同步傳給警察了，但不知道他們會不會採信……你們如果就此打住，回家等新聞看，或許會比較輕鬆和安全，但若你們決定去追殺人魔……那我也會全力幫忙。」

星藍的聲音明明是那麼聰慧悅耳，所傳遞出來的訊息卻讓人胃底翻騰，我的雙腿一陣發軟，內心的怒火則筆直上竄。

「等等，讓我想一下。」剛才出現的殺人魔公告，讀起來比前幾次淘氣多了，文字也變得很有變化。這真的是之前的那個預告殺人魔？是分身，還是本尊？

或者，我們的城市，早已在不知不覺中被數不清的預告殺人魔攻佔了？

十一、魔法消失

掛掉電話，我還沒整理好情緒，就聽見虎兒的焦急呼喚。

「小緋，蔻蔻說她在等人，她在等殺人魔！」跑出店門口的虎兒，表情簡直是要急哭了。

我回視眼前這名驚慌失措的美型男。「等一下，虎兒，你剛剛到底跟她說了什麼？」

「她叫我趕快走，說殺人魔馬上就要來了。她說，真正的殺人魔根本還沒進警局，現在正在路上。」

蔻蔻和星藍的口徑一致！

⧏

夕陽在烏雲後方，盡情噴濺出最後的金輝。

夏末了，日落比以往都稍稍提前了一些，潔白如新的警車無聲地駛入商店街，準確地停在超商前方。

警員走進了超商時，引來了路旁居民與附近補習班學生們的目光。然而，不到十秒，超商的自動門又打開了。

一名穿著單寧短褲的長髮少女奪門而出，緊接在後的是皮膚白皙的年輕美男，還有我這個短髮的矮個兒女孩。

正當星藍的聲音再度透過手機傳到我耳畔時，我們正站在兒童公園的鞦韆旁，遠遠觀望著超商與商店街尾的巡邏警車。

「殺人魔不可能在有警察的地方出現的。」我對星藍說。

但他卻不盡然相信。

「他目前已經停止用手機發訊息了，各大BBS、臉書與網站轉載的殺人魔公告也都是好幾分鐘前的。為了營造恐慌、避免露出把柄，我想他應該不會再透露自己的行蹤了。總之，妳們盡量待在人多的地方，我這麼說並不是要妳們注意安全，而是，殺人魔似乎也想轟轟烈烈地往人多的地方，正面挑戰警方。」

我趁著還有空檔，便把現在的情況轉述給眼前的兩位朋友聽。

黃昏將我們染成了憂鬱的橙金色。虎兒坐在鞦韆上，而美豔的少女蔻蔻則坐在另一個鞦韆上，短褲下的那雙長腿輕輕踢跺，趕走公園裡的飛蚊。

沒有人想回家，也許是因為有警察在附近，我原先對殺人魔的恐懼也得以獲得一點舒緩。

十一、魔法消失

虎兒看著我們兩個女生，釋出一個故作輕鬆的笑容，不過這並沒有多大幫助。

「小緋，妳們一定要小心喔。」星藍在電話的那端說著，語調聽起來有些寂寞。「不管發生什麼事情，一定要小心。」

「嗯！這是當然嘛！」我開朗地笑答著。

「說實在的，我今天有種幻覺。」星藍說：「好像妳就在離我很近的地方。」

「哎唷，我們的確很近啊，放輕鬆點啦你。」我笑道：「我們會小心的，真的會很小心的。」

雖然擔心殺人魔，但心中的某個角落，告訴我該慢慢撤回對星藍的感情了。經過今天在醫院、星藍再度忽視我的事情之後，我總有種壞預感，感覺他即將永恆地離開網路，也離開我。

當網路通訊良好，他卻聽不見我的聲音時，一定是有什麼取代了我，進入他的範圍所及。

是什麼事情呢？他為了什麼而分心？又為什麼會分心？

還是，星藍在網海的溝通能力正在一點一滴消失，直到他永遠離開我為止？

無力感讓我越陷越深，我無法想像那些失去所愛的女生，都過著什麼樣的生活？

要是我，肯定無法承受。如果能把這個短暫夏天的詭異網戀當作笑話，那麼即使星藍消失，我一定也能一笑置之吧？

但現在的我，卻為心底這個懦弱的想法感到慚愧……

夕陽沈降在天際線後方，遠方高樓建築群的點點燈光開始燃亮鐵鏽色的天空，市中心的甜美夜色，正隨著遠方廣場上的爵士樂聲翩然降臨。

虎兒開口了。「那個，我們能不能在這裡再等一下……蔻蔻非得見殺人魔一面不可。」

「咦？為什麼？」我訝異地回視蔻蔻。她正低著頭，低垂的髮絲遮住了側臉的線條。

「她都準備好了，是吧？」虎兒轉過頭，輕柔地問著蔻蔻，她依舊垂首不語，但點了點頭。

十一、魔法消失

「準備好什麼啊？」我追問著，蔻蔻仍舊沒抬起臉。雖然覺得自己有點多話，但還是無法不過問，我瞧向一臉苦澀的虎兒，希望他能給我一個解答。

但虎兒也默不作聲。

「蔻蔻，妳還好嗎？」我等不到她的回答，便爽朗一笑。「只是想跟妳說，我們會陪著妳，就等到殺人魔來為止。」

蔻蔻猛然抬起頭時，我看見了她眼底的洶湧淚光。

「他殺了一個人！預告殺人魔，他殺死了我最重要的人！」少女聲嘶力竭地吶喊著。

皺起眉，我感到鼻酸，光是試著想像她的悲傷，排山倒海的恐懼就吞沒了我的心智。耳畔，鞦韆的擺盪聲漸漸地在風中淡出。

「是很重要的人。」蔻蔻放緩了語氣，眼淚滾過了她線條姣好的臉蛋，落在公園的沙地上。虎兒從鞦韆上站了起來，示意我到旁邊說話。

我回頭望了蔻蔻一眼。我能理解，有些事情，或許不要在當事人面前複述會比較好。

「我來告訴妳吧！蔻蔻身上發生的事……」虎兒嘆了口氣。

我點了點頭，用炙熱的目光鼓勵虎兒繼續說下去。

虎兒用精簡的字詞說出了蔻蔻之所以拍攝那個邀約影片的真相——年僅十七歲的她，是單親家庭出身。雖然母親努力工作，也給了她很好的物質享受，但蔻蔻其實長期以來都在默默忍受著女校同學的集體霸凌。

然而就在某個夜晚，蔻蔻和一名男子的相戀改變了她的心境。雖然相差近十歲的戀情，起頭有些笨拙，但蔻蔻卻非常敬重對方，他們透過相同興趣的臉書粉絲團結識。對方是一名小公司的低階工程師，雖然非科班出身，卻努力充實網路知識，架設了專門用以反對暴力與殺人事件的預告蒐集網站。

正是因為做了這些事情，蔻蔻的男友，已經在第二次殺人魔事件中不幸喪生。為此，蔻蔻一直獨自努力著，想要憑自己的力量釣出預告殺人魔。

虎兒說著說著，落下了淚。我沒有像虎兒那樣眼眶泛紅，但心裡的恐懼正被激動給瓦解。

我回過頭想給蔻蔻一個鼓勵的微笑，卻發現她已不在原本的位置了。

我們驚慌地竭聲大喊，跑遍了整個公園。

最後，我回到了公園大門，在超商前停下腳步。

十二、預謀

蔻蔻的一頭棕色髮絲，正在風中飛散。

我睜著眼睛，不自覺地發起抖來。「蔻蔻！快離開路中央！」跑過去時我才看清楚，蔻蔻暫時沒有危險。

她站在一輛空貨車的車頭正前面。虎兒已經衝了過去，我連忙也拔腿跟上。

那是一輛卸貨用的小卡車，卡車安穩地停在超商前，只剩下引擎的喘動聲。我和虎兒分別拉住蔻蔻的左右手，硬是把她從卡車前方拖開，但她那戴著瞳孔放大片的美麗雙眼，卻仍緊緊盯著那空無一人的駕駛座。

「就是這台車沒錯，我認得那個吊飾。」她語氣平靜地說，指著擋風玻璃上方的迷你熊吊飾。

「我男友被殺的那一天，我追過這部車子。從他的家門口開始追，但是腳踏車根本追不上，剛好前方路口紅燈，讓我離貨車近了一些。雖然只有幾秒鐘的時間，但我看得很清楚！」

蔻蔻轉過頭看著我的眼睛，她那漆黑的瞳孔，就像深邃的夜色一樣。

「車牌不一樣，可是我認得那個吊飾。」蔻蔻說。「他真的來了，他真的

十二、預謀

出現了，他真的來找我了……」

這樣會有危險的，我只想把她暫時拖離現場。

「快記車牌。」我一面提醒虎兒，一面拿起手機朝車頭拍照。不料，根本還來不及耍小聰明，送貨的人已經走出店門了！

我連忙拉著虎兒轉身、背對那個清瘦的棒球帽男子，以免對方起疑。

他看起來真的很正常，很瘦、很高，頭上只戴著球帽作掩護，但是已經是晚上了，球帽的陰影更讓他的五官幾乎隱形。他流暢地關上貨廂的門，躍上駕駛座。

車子開動了！該死，現在我們該怎麼辦？

這時候，也許上天開始心疼起我們三個手足無措的模樣了吧！我竟然看見老弟從後方的超商走了出來，手上還拿著最新一期的籃球雜誌。

阿雷看著我，一臉驚喜。「咦？我還在想妳怎麼不回家咧！原來是跟朋友在一起……喂！妳幹嘛？」

「你的機車呢？機車！」我氣急敗壞地大喊。

「啊？什麼意思？你們要幹嘛？她是誰啊？等一下，姊，妳要幹嘛啦！」

我和虎兒朝他放在對街的白色125機車衝了過去，馬上各就各位。根本沒時間想其他的辦法了，我直接就往腳踏墊上方蹲了進去，老弟半推半就地坐回駕駛位，虎兒則坐到了老弟的正後方，最後便是纖瘦的蔻蔻，她只花了一秒，就將雙手牢牢搭在車尾握欄上。

「快點，快騎啊！」我和虎兒緊張地在阿雷的耳邊催促。

「好啦好啦！她就還沒坐好啊！還有，她到底是誰啊？」

蔻蔻的一張臉被埋在隨風撩飛的長髮裡，我抬起頭，正巧撇見了她在後照鏡裡的側臉。

她的表情悲傷而篤定，像是相信自己一定能夠做些什麼似地，堅定地望著前方迎面而來的夜色。

那就像是復仇女神的表情。我想像得到，蔻蔻在出事那天騎著單車追逐殺人魔的模樣——她的深褐色髮絲在清晨的風中散開，長腿壓動踏板，車輪一圈又一圈焦急地轉著，轉遍了舊圓環與兒童公園前方的街道。

我蹲在機車腳踏墊上，單手緊握手機，我在阿雷的雙腿前方縮著嬌小的身子，車頭的儀錶板放出了躍動的橘色短光，在我眼前閃映。

十二、預謀

車身非常不穩，畢竟是一車四載，阿雷也知道這根本是高難度騎法，儘管如此，他還是與頻頻抱怨的我吵起嘴來。

「老姐！不要再動了喔！」

「知道了啦，你以為我想這樣蹲嗎？」

眼看就要過彎到主要幹道，我移動著雙腿在機車腳踏墊上的重心。「喂？星藍？虎兒報警了，但是我們現在好像追丟了……」

「沒關係，我等等打給妳，我先去查查超商進貨的駕駛員名稱。」他的語氣溫和且篤定。

我知道可以完全地信任他。

⧐

一車四載，這就是我、阿雷、虎兒和蔻蔻的移動方式。

殺人魔不可能選人少的地方輕鬆犯案，因此，先往市中心騎就是了，這是我們目前的共識。

我蹲在機車腳踏墊上，雙腿已經麻得沒有知覺了。抬頭時，能看見阿雷那專注騎車的臉，而後照鏡裡擠著虎兒的半張臉，那是一張活潑又俊美的白皙臉孔，他轉頭望著後方路況，恰巧將左耳露了出來，假鑽耳環的表面閃過了車陣裡的疾光流影。

蔻蔻那雙深邃的大眼睛，正在抵抗著瘋狂的夜風與過往的哀傷。

我透過後照鏡凝視著蔻蔻的神情，那張臉正在敘述著一種野性的決心，髮絲纏繞在汗水淋漓的側臉旁。

回過神，我接起星藍的電話。

他直接了當地說，殺人魔已經停止在網路發佈消息了，而他在超商物流運輸的工作，其實是份臨時工，名字當然也是假的，線索就到這裡斷了。

阿雷穩穩地扭轉機車龍頭，靠路邊停車。虎兒拍拍阿雷的肩，然後輕盈地滑下座墊，不過，虎兒的表情卻是難掩沮喪。

我努力地挪動腳步，發現自己根本沒辦法馬上站直身子，我移動著毫無知覺的腳，卻直接摔出座墊外，阿雷急忙一把將我拉起來。

「唉，妳怎麼會用跌倒的方式出來啊？」虎兒有些關切，但嘲笑的成份也不少。

「腳都蹲麻了當然跌出來，要不然等一下換你來蹲前面啊！」我不甘示弱地嚷道。

蔻蔻默默地走到一旁，站在百貨公司的華麗門廊下。我把視線從虎兒身上移開，和美女高中生交換了一個眼神。

她報以一個模糊的淺笑，雖然幾乎看不出那是個淺笑，不過我稍微安心了。

大家都拿出智慧型手機不斷滑著，希望能看到殺人魔的最新公告，但相反地，虎兒卻查到了一則最新的網路新聞，跟先前在大賣場把小兔關進冷凍庫的那個兇手有關！

「啊！日前警方抓到的假殺人魔，稱自己是對真正的預告殺人魔有興趣，進而展開聯絡，雙方都透過手機、網路交談，殺人魔要他先進行一項測驗，製造事故給網路上有自殺傾向的網友，將他們殺害之後，雙方才能見面……」

「原來傷害小兔的那個人，不是真正的殺人魔，而是殺人魔的信徒啊！」

我憤怒地抱著頭。「這種事情，居然還有信徒……」

「我不是說了嗎？」蔻蔻視線冰涼地望著驚慌失措的我們，繼續說道：

「那個殺人魔只是個冒牌貨，真正的殺人魔，早就在準備下一票了。」

「如果警方現在才知道這件事，那還來得及出動嗎？」虎兒憂心忡忡。

「唉，我們還是必須做點什麼啊！」

「等等，在擔心警察抓不抓到殺人魔之前，先來擔心交通警察會不會抓我們吧？」阿雷急忙轉過頭，揮手要我們先走。「欸，前面路口有交通警察，他應該是看到我們一車四載了……你們進去百貨公司等，我去繞一下再回來。」

阿雷催著油門，拐出一個小圈把車騎開，厚實的白色車體穿過夜晚的車道，像一道顯眼的戰弩。

交通警察仍站在路口打量我們。而在等待老弟騎車回來的空檔，虎兒抓了抓疲乏的髮根，好讓上頭的定型髮膠發揮作用。

「為什麼殺人魔又不發訊息了？」虎兒生氣地罵著，低沉而霸氣的音色，引起幾位路旁的女孩側目。「小緋，妳不覺得這樣很智障嗎？預告殺人魔不預告，還有資格自稱預告殺人魔嗎？」

「我知道他要去哪……」此時，蔻蔻幽幽地說。

「為什麼妳知道？」反問的當下，我明白我錯了。現在不該是質問蔻蔻的時候，從方才開始，我又犯了我的老毛病，將自己的想法加諸在她身上，一味

十二、預謀

地要她遠離殺人魔，自以為這樣可以保護她。畢竟，一心想復仇的蔻蔻若是靠近殺人魔，不是可能被殺，就是有可能殺人，而這都是我們最不樂見的狀況。

但，是不是也該靜下心來，認真聽聽蔻蔻的計畫是什麼？

倘若她願意告訴我們的話……

蔻蔻用陰沉的臉色吐出接下來這幾個字。「他一定也是去人多的地方，而且，我跟他……」

「啊！星藍打來了！小緋，接！」虎兒比我還急，擅自幫我先按下接通鍵。

「網路警察已用虎兒提供的車號，聯絡到物流公司，定位到殺人魔所駕駛的貨車路線，他們現在正在全力搜捕。」聽到星藍的說法，我和虎兒則換上一個明朗的表情。

然而，蔻蔻只是重重地搖了搖頭。「他已經計畫好了，如果你們去查一下貨車的行駛路徑，大概中途有停駛的跡象吧？」

「沒錯，方才他總共在路旁停了兩次車。」星藍問：「怎麼了嗎？」

「難道他沒有可能換車嗎？」蔻蔻犀利的詰問，讓我們都如大夢初醒。

「所以，還是那個問題，地點。」我推論道：「我們要知道殺人魔想去什麼地點，如果知道他的下一站，我們就能阻止他了。」

星藍說他會再去查查看附近哪裡有人潮擁擠的地方。在這段時間內，老弟載著我們在夜晚的小巷裡隨處亂繞。

畢竟我們一車四載，每次一騎到大馬路上就開始戰戰兢兢的，今天又是週五夜，路上的人特別多，交通警察也比平常多了兩倍。

「被開到單就慘了，這暑假已經花太多錢了。」老弟偶爾會抱怨個幾句，然後，他竟然又能和虎兒閒聊起來。

為什麼我們這個世代的人，都可以在輕鬆與緊張之間靈活地變更情緒呢？又不是在改線上聊天的暱稱。

一切都輕易就能變動，按下滑鼠的那瞬間，在游標後方打上鉛字的那瞬間，或者像現在這樣，眺望著夜晚逝去的這瞬間……

或是接起某通重要電話的這瞬間。

「小緋，西濱海生館等等有煙火表演，人滿多的。」星藍唸著他查到的資訊。「客運總站、太陽百貨附近也有活動。」

阿雷像想起什麼似的高聲說道：「啊！我沒記錯的話，總站那裡不是在整修嗎？而且太陽百貨那裡現在封街了耶！今天是N主機首賣會，而且還有電玩原聲帶的封街演唱會。」

我說：「那裡一定很多警察，不用擔心！」

「這樣不對啊，」虎兒從阿雷的肩膀後方探出頭來。「他往警察多的地方去幹嘛？一定是搞錯了，除非他在進到封街路段之前就轉彎。」

「反正我們先往那個方向騎就是了啦！」我煩躁地說著，瞥見後照鏡裡、蔻蔻的浮躁表情。

她該不會嫌我們煩，打算跳車吧？

蔻蔻很敏感，立刻發現我的視線。但依照目前阿雷騎車的速度，大概蔻蔻暫時也不敢跳車，她到底在想什麼呢？是因為覺得我們有利用價值，也有保護她的意願，才勉強跟著我們嗎？

蔻蔻的臉上，出現了一個詭譎的笑意。

「大概是因為能夠接近預告殺人魔，所以在雀躍著吧？」我將視線轉回前方，總感覺不太對勁。

ID戀人：危險戀愛事件

十三、對峙

星藍再度打來的時候，我問他對於目前的情況有什麼看法。不愧是個聰明又可靠的人，星藍不但聲音清澈，說出的話也是句句有理。

「我是這樣想的，他要殺的都是想輕生的人，還有就是礙到他的人。這表示他根本不想當什麼悲劇英雄，他不想被抓，當然也很怕警察，所以老是開出空頭支票，先前幾次的行兇也都是殺人未遂。這樣的人，絕對不會到警察多的地方去的，所以剛剛我查到幾個比較有可能的地點，它們都是人潮多但警察少的地方，然後也都是位於市中心的開放空間。」

但星藍慢條斯理的分析方式快把我急死了。「唉唷！星藍！你直接講地點啦！我們聽聽看。」

「有三個可能，水舞公園，就是妳第一次遇到殺人魔穿吉祥物服裝的那裡。因為明天晚上有市政府的舞蹈比賽，今晚那裡會有很多人在排演，從小女生、高中生到媽媽、阿姨都有。」

「好，然後呢？」

「第二個地點是明溪夜市。最近有很多人在明溪的支流違法游泳和夜釣，從上星期開始那裡已經開始有夜市了，所以人還滿多的，都是情侶和小家庭比

十三、對峙

較多。另外，還有一個可能的地點，就是在聯合百貨公司的建築群裡面，那裡只有一點點保全，完全沒有警察，要犯案的話應該會有滿多目標的，不過很容易被攝影機拍到臉，我覺得他比較不願意去那裡犯案。」

「好，謝謝你跟我們說。這樣吧！水舞公園比較近，先去那裡好了。」

「小緋，你們一定要小心喔，這不是鬧著玩的，隨時準備報警吧。」星藍的語氣突然老成了起來。

唉，知道了嘛。就是因為有警察的存在，我們才放膽去追殺人魔啊！我在心裡偷偷嘀咕著，掛了電話。

我們以時速六十的速度，飛快地衝過了一條街，但就在扭轉機車龍頭之前，阿雷提出了分析。

「姊，水舞公園是反方向，現在過去會不會太慢了，也沒有近路可以抄……」

「有，有近路。」虎兒插嘴道：「在太陽百貨後面，要經過一些超窄的巷子。」

「可是那裡不是在封街？」阿雷反問著，但沒有人回答他。

可憐的老弟，只能無奈地對著前方的遙遙夜路嘆了口氣。

不過，我們也只有硬著頭皮上了吧。

一靠近N主機首賣會的現場還不到五百公尺，就已經看到臨時路障了。交警正意氣風發地坐在巨型的重型機車上，背對著我們。

只好從邊緣闖過去了。雖說是「闖」，但我們根本就是鬼鬼祟祟地在行進著，為了閃避那些橘色的三角錐，一車四載的我們只得把時速降到三十。不過，還是被發現了。

「欸！你們不能騎車進來！」瘦削的中年警察氣急敗壞地徒步追了上來，沒想到警察的腿力真是驚人，虎兒和我嚇得狂吼，逼得阿雷只得加速閃避路障。

虎兒指出了前方某個突然冒出的方形欄架。

「小緋妳的腿啊！趕快收起來！妳那什麼姿勢啊！要撞到了啦！」

「閉嘴，你不要害我們摔車！」我回喊道：「再這樣真的要摔車了啦！蔻蔻，抓好，虎兒你不要越坐越後面啦！你屁股是有毛病喔？」

「安靜啦！你們來騎好了！」阿雷也終於咆哮了，行進間的平衡感與方向控制，大概也需要清晰的思緒吧！我們乖乖閉嘴，讓他在紛擾的警哨聲中騎完

十三、對峙

這趟艱辛的閃避路障之旅。

不料，我的腿麻了，根本沒辦法蹲穩，還在轉進小巷的時候摔出車體外，一屁股撞在地上。

根本也沒辦法跑，看著跌落地面上毫無感覺的四肢，還有後方猛追過來的警察，我也只有認了，慢慢用膝蓋把自己往前挪。

阿雷急忙又騎回來接我，還挨了兩記警棍。警察大哥飆出髒話時，我又像隻出門兜風的寵物般，笨拙地跑回機車腳踏墊蹲好。

真是鬧劇一場……殺人魔要是看到我們這副德性，一定會肆無忌憚地笑出聲來。

「警察先生！殺人魔要去水舞公園了！」虎兒認真地回首喊著。

拜託，就相信我們這次吧！警察先生們！

我們鑽進一彎又一彎的暗巷，回過神來時，燈火通明的弧形廣場就近在眼前。

這裡的警員幾乎沒幾個，應該說，根本沒看到半個。要是我是殺人魔的話，大概會因此亢奮起來。

整個廣場滿滿都是人，年輕的人、年老的人、年幼的人，全都是人，各自跟著團、跳著風格迴異的舞蹈，聽著全然不同的舞曲。

完全是一片歡快的氣氛，讓滿頭大汗又一臉驚慌的我們，顯得格格不入。這裡根本沒有殺人魔貨車的蹤影。

虎兒開口問我說：「也許我們跑錯地方了，預告殺人魔有可能像星藍說的那樣，去明溪夜市砍夜釣的情侶嗎？」

就在我們不知要留下還是要離開時，星藍來電了，每次時間點都很準，就像是一陣及時雨。

「小緋，殺人魔又放話了，我唸了喔——『這是最後的訊息了，準備好迎接我了嗎？我，終於到了。』就這樣。」

「IP位址在哪裡？從哪裡發出來的？」

「他用的是特別經過加密的高保全等級網卡，這個要電信業者協助調查才行……」星藍無力地說。

我回道：「我覺得殺人魔應該就在我們附近，如果他的目標是明溪夜市的話，應該沒有那麼快，而且那也不算在市中心。」

十三、對峙

「對，依時間來看的話，他應該就在你們附近了。」星藍說。

阿雷一臉著急。「可是這裡沒有看到剛剛的貨車啊！」

「他可能已經下車了吧。」蔻蔻開口道。

我、虎兒和阿雷，共同交換了一個恍然大悟的眼神。

看來，蔻蔻一直都比我們警醒多了。

我們走過階梯，到稍微高一點的地方眺望廣場。

「是個很瘦、很高的人，戴帽子、口罩。」蔻蔻提起僅有的一點線索。

我們坐在廣場上四處觀望。如果是平常，這樣的景象一定看起來很浪漫，戴著嘻哈球帽的阿雷，身旁是穿著垮褲、耳垂綴鑽的纖瘦美男，蔻蔻是長髮長腿的美少女，還有我，矮個子的短髮小緋。

但我們尋找的目標，終究是弄錯了。當不遠的天邊放起偶像演唱會的慶祝煙火，而廣場人群紛紛抬起頭歡呼的那一刻，蔻蔻猛然起身奔下階梯，她的髮絲頓時在大風中亂成一團。

忽然間，蔻蔻對著一身灰黑色系的高大男子大喊：「我在這裡！」

「誰？」我被她激烈的呼喚給震得瞬間耳鳴，虎兒回過頭，也搞不清怎麼回事。

但在交換了下眼神之後，我們同時有默契地試圖抓住蔻蔻。如脫韁野馬般，蔻蔻亢奮地衝了出去。

為了攔住她，我摔在階梯上。

蔻蔻頭也不回，長髮擺蕩在奔逃的倩影身後，筆直地朝黑衣男子狂奔。

「蔻蔻！」虎兒崩潰地叫道，差點撞上跌在石階上的我。

「混蛋！到底發生什麼事！」阿雷急忙把我扶起來。「那個女的到底想怎樣？」

蔻蔻衝進了預告殺人魔的臂彎中，正確地來說，他拿出槍伸手摟住了蔻蔻，而蔻蔻自願奔入他懷中的舉動，也讓我們全都嚇傻了！廣場上一片尖叫，家長急忙抱起自己的孩子，女學生們怕得連吭都不吭一聲……

「通通不要動！不要過來！否則我就斃了她！」殺人魔戴著黑帽黑口罩，帽簷下，只能勉強看到他殺氣騰騰的眼神。

「我們好心幫她，結果她到底在幹嘛……」阿雷氣急敗壞，我卻無法停止直視蔻蔻的眼神。

十三、對峙

原來方才她的話都是有意義的，她一直在試著告訴我們她的計畫，卻又不希望我們扯她後腿，蔻蔻之所以默默地跟著我們，也是相信我們能帶她準確地到這個地點。

我轉頭望向不敢相信這一切的虎兒說：「我們，只是她計畫的一部分。」

眼前的挾持場景，這就是她的計畫。

她和網路殺人魔，有了個約定，而她正在履行它。

廣場邊不意外地傳來警笛聲，但只是將眾人的情緒提昇得更緊繃。

殺人魔惡狠狠地環視四周，往後退了一步。

ID戀人：危險戀愛事件

十四、揮別雨水

「這裡又不是密閉空間，他哪裡管得住這麼多人……」我低聲對虎兒與阿雷說：「我看蔻蔻是另有計畫。」

「腦子被打爆就是她的計畫，我看我們現在就回家等著看新聞吧！」阿雷極度生氣時，總會說出一些酸言酸語，他要是想回家的話，現在才不會緊緊牽住機車龍頭呢！

「他暴露在廣場上根本智障，隨時都可能被狙擊手幹掉……」我嘆氣道：「接下來他或許會找輛車子離開。」

阿雷點點頭說：「對喔！畢竟進到車子裡再想移動方式，或許能多演一點戲，滿足他的反社會英雄慾。」

「不能讓蔻蔻就這樣跟他走了啊！」虎兒哀號道。此時，殺人魔繼續揮舞著手槍，露出極大的空檔與破綻，但蔻蔻仍乖乖被他的左手圈住，完全沒有想逃的意思。

我忽然明白了。蔻蔻悲傷至極，男友走後，她無法承受一個人孤零零地活下去，她或許想，即使不能逮捕殺人魔，那就算犧牲自己的性命，也要以「同歸於盡」的方式，拖殺人魔一起上黃泉路。

十四、揮別雨水

如果是星藍被殺人魔所害，或許我也會有這種強烈想復仇的思緒吧！因此，蔻蔻此刻的瘋狂行徑，並非那麼難以理解……

她一定也有自己的打算，倘若殺人魔抓了她，或許就不會再去傷害其他人。蔻蔻一定是以這種自以為是的犧牲概念在思考著！

殺人魔身後十公尺處，是一排位於公車等候區的長凳。我們正在想哪班倒楣的公車不懂即時迴避這裡時……公車就出現了。

是一輛黃綠色外觀的普通市區公車，搖搖擺擺地減速，靠近站牌。

「等等……」我向阿雷使了個眼色，在路旁消防栓邊蹲下。

當殺人魔的身影映入眼簾時，司機放緩了車速，似乎一頭霧水。大概是開車一整天，眼也花了，只求走對站牌、接到人就好。

這過程中，殺人魔的視線當然一直往公車那裡飄去，意圖非常明顯。

他想上車，挾持司機離開這裡，尋求掩護。

虎兒緊繃地望著我，緩緩脫下靴子。公園人潮的情緒，則跟著殺人魔的視線移向那位倒楣的公車司機。

車門緩緩開了，司機真的知道發生了什麼事嗎？

「不准動，給我開車！」殺人魔擄著蔻蔻就衝上公車的售票階梯，當然，槍全程指著對方。

「喂！」虎兒甩出手中的厚重黃靴，瞬間擊中殺人魔的後腦杓，就在這一秒，蔻蔻張口咬住殺人魔的手臂。

「大家讓開！」我與阿雷開啟路旁的消防栓，水流如巨龍般轟然穿過水管，猛速將殺人魔沖倒在公車階梯上。

為了固定水管，我與阿雷幾乎是環抱住水管，雙雙狠摔在地上。

霎那間，尖叫四起。

一聲槍響！兩聲槍響！我和阿雷抱頭伏下。

終於回過神的這一刻，一群身著防彈背心的黑衣特警小組如閃電般衝上公車。

殺人魔，已被當場擊斃。

一輛警車衝過了我們身邊。當它的黃色尾燈閃進我的瞳孔時，往事歷歷在目。

我和星藍在暑假相遇了、我和老弟逞強地到市中心去等待殺人魔，而當

十四、揮別雨水

時殺人魔穿著玩偶裝刺殺了一名女高中生……再來是那個製造預告網站的好心人，蔻蔻的男友，我彷彿可以看到他倒在自家門前時，那不甘的眼神……而他的長髮女友就這樣騎著單車，獨自在清晨裡追著兇手，直到再也追不動為止……除了在醫院被刺傷的護士外，我的朋友小兔，也被殺人魔教唆的對象所害，當我鼓起勇氣去探視她時，她帶著重生過後的坦然微笑擁抱我。

我也看見了被網路給囚禁起來的星藍；想要為現實中的人們逮捕兇手的星藍；孤獨一人被留在漫遊網站裡的星藍。

我回過神時，毫髮未傷的公車司機已下車，心有餘悸地走過濕漉漉的地面。阿雷正在警方的協助下關閉消防栓，不遠處，虎兒正試圖握住蔻蔻的手，但她將手抽開，似乎心情很複雜。

天空響起一聲遠雷，下雨了，而草坪上的噴水管也恰巧啟動了，水在舞動，真實的雨與虛假的雨，將我們淋得全身溼透。

我在雨水中瞇著眼，尋找朋友們的身影——一臉驚嚇的阿雷、表情深沉的虎兒、淚流滿面的蔻蔻……

我們捕捉到彼此的眼神，自然而然地將思緒傳輸到對方的靈魂之窗裡。阿雷趕到我身邊擁抱我時，虎兒也和我交換了一個堅定的淺笑。

蔻蔻朝著我們的方向回過頭，她在大雨裡止住了眼淚，但柔美的臉孔還是一片濕淋淋的。我嗅到了阿雷的汗水氣味，還有微酸微甜的陣陣雨水。

我縮著肩膀、癱坐下來，而阿雷緊緊握住我的手腕。我試著眺望遠方，這座城市也在厚重雨雲下，安心地闔起了眼，市中心的建築物發出墨藍色的冷光，冰鎮了人們焦躁的表情。

「太好了……」我對阿雷和虎兒說，聲音興奮得有些沙啞，語氣卻是軟弱無力的。兩個男孩輕輕眨動著睫毛，以阻擋從天而降的粗暴陣雨。

真是一陣美麗的及時雨，好希望能牢牢記起這一刻，真希望小兔和星藍也在。

⊵

蔻蔻將頭枕在我肩上，兩個男孩蹲在後方的石階上，望著遠方出神。記者很快就到了，人群也回來圍觀了，不過，雨並沒有因為這股平和的氣氛而歇止。

「我是真的很喜歡他。」蔻蔻突然開口道，彷彿在接續著一段早該開始的對話，她是如此深愛著她的男友。「每次想到他在螢幕那一邊慢慢地打字，鼓勵我去上學，真的就會變得好開心喔！」

我望著蔻蔻那落寞又帶著甜蜜的側臉。這一瞬間，我也羨慕起她，能這麼傾盡全力地去愛。

蔻蔻的眼底閃漾著淚水，但她卻似乎在竭盡全力地避免落淚。

「小緋，其實，我並不期待你們能理解我。但是……這世界真的是太不公平了……那麼好的人，竟然就這樣死了。我一想到沒辦法……沒辦法再看到他的ＩＤ在線上發光，心就好痛，真的好難受啊……」

我捧著胸口，也許是自己的心也正在揪結著。

「我是真的很喜歡他。」蔻蔻再次說著，像是怕心上人聽不到自己的告白。

我又想起了小兔與星藍——因殺人魔事件而重生的小兔，與被囚禁在網路裡的星藍。

我拿出手機，連上了即時通訊介面。

星藍的狀態顯示圖永遠不會讓我失望，仍在迷你的視窗裡閃閃發亮。

我甜蜜地笑著，撩了撩被消防栓水柱噴溼的髮根。

我們等著警察來帶蔻蔻做筆錄，為了她的安全，這段時間還是先陪著她好。

星藍撥了一通電話給我。

「嘿，」他用前所未有的輕鬆語氣打著招呼。「我看到網路上的即時新聞囉！還好你們都沒事！」

「那真是太好了。啊，太好了。」星藍苦笑著，但這番苦笑中，也蘊含著好多愉快的情感。「小緋，現場看起來怎麼樣？」

「現在在下雨喔！廣場的燈光把雨絲都照出來了，很漂亮……我把照片傳給你。」

——「星藍已接收您的檔案pic221。」

視窗顯示著。

「星藍，真是太好了，殺人魔這次真的落網了，這算是最好的結局了吧！」

「故事還不可以結束，小緋。」他說出了讓人鼻酸的話。「當我終於能進入妳的生活時……我們再一起結束，好嗎？我也好想去你們那邊喔。」

「哎唷，星藍。」我強忍著淚水，故作開朗地說：「不可以傷心喔，你是漫遊城市裡的守護神！沒有你，我們幾個也不會在這裡了。」

十四、揮別雨水

「小緋妳太誇張了。唉，害我都想過去找你們了。」

我感到很無力，只能以故作爽朗的笑聲來回應他。

不過，星藍的語氣並沒有我想得那麼開朗，我正要問他怎麼了，他卻用一種徐緩而內斂的語氣說出了以下的話。

「小緋，我好像想起來……我想起來我是誰……」

女警要我身旁的蔻蔻起身，和顏悅色地將她請上警車，我朝蔻蔻揮了揮手，虎兒也坐進了警車。

在因殺人魔被擊斃而沸沸揚揚的廣場上，當聽見星藍方才的那句話時，我根本無法好好思考。

「星藍，你剛剛說……喂？怎麼突然沒聲音……星藍？」我慌得不得了，回首看著老弟是否跟上來了。

這一瞬間，我真的很怕先前的失聯狀況再度重演。

「小緋？妳在叫我嗎？」謝天謝地，星藍還在手機的那一端。

「星藍，真是太好了，你剛剛說你想起來你是誰了？太好了！」

「嗯！我好像想起來，我有一台電腦，是黑色的……還有電腦視窗看起來的樣子……還有我的房間和家人……」

「天啊！那你想起你的身體在哪裡了嗎？」我再度有種預感，也許星藍的身體已經離開這世間很久了……他現在才想起來的事情，對未來的他真的有幫助嗎？為什麼殺人魔一死，我都還不能鬆懈，星藍就告訴我這樣的事……

「星藍……你不要試著一次想起所有事情……好嗎？」我緊繃得說話支支吾吾。「你……反正不管怎麼樣，我都會陪著你的，每一天我們都試著回憶起一些事情，我也會幫你尋找真相的！我們一起……你哪裡也不去，我也會一直在這裡，好嗎？」

我的思緒頓了一拍，因為星藍聽起來並不是那麼開心。

「唉，真的很想見到大家，親眼見到大家。」他只是重複地說著。

我沒有回答，因為害怕他聽出我的哽咽。我靜靜地哭著，也不知道該說些什麼，原本該問星藍的問題，也都忘光了。

「姊？上車囉！」阿雷牽著機車，在前方等我。

手機的電量經過一整天的大量使用，即將消耗殆盡。因為知道阿雷今天已經累了，車速也還算快，回家的路上，我便什麼都沒說。

十四、揮別雨水

我只是不斷將手機重開機，試著再多跟星藍說幾句話。兩分鐘前，星藍傳給我一首歌曲，但手機記憶體容量不足，我東砍西砍，才終於成功接收。

我將手搭在阿雷的肩膀上，戴起耳機，而車子往郊區的星空深處騎行。還有二十分鐘到家，今天晚上一定可以睡得很安穩吧？

這首歌真的很棒，狂放而樂趣盎然的節奏拍打在耳膜上，感覺起來像是情人的觸吻。我聽了一次又一次，還甜蜜地對著手機輕哼旋律，以為線上的星藍也聽得到他曾經稱讚過的歌聲。

「Remember my name, remember my name.」嘻哈歌手在曲中有節奏地唱著。

「對了，星藍，還沒問你呢，你的本名是什麼啊？」

耳邊依舊奔動著歡快的音樂。

我低下頭，疑惑地看著手機螢幕。聊天視窗裡，一向明亮的ＩＤ燈已經熄滅了。

星藍離線了。

ID戀人：危險戀愛事件

十五、神的禮物

我去接小兔出院。白金色的陽光簇擁著空蕩病房中的家俱，小兔的臉上並沒有特別歡快的表情，她那薄薄的睫毛下，只維持著一種安定而明朗的眼神。

我在秋陽裡瞇著眼，等她收拾行李，而小兔指著隔壁的空病床要我先坐下。

「我都忘記妳住雙人房了。」我說。

「對方住沒幾天就走了，好像原本是樓上的安養病房搬來了。看來這間病房很吉利呢。」小兔把摺好的衣物收進大行李袋裡，我跳下床，幫她拉好拉鍊。

「其實有點著急耶！下週就要開學了。」

「嗯，至少我們可以用煥然一新的心情開學啊！」我勉強自己忘掉失去星藍的悲傷，試著開朗地說。

一直到坐上公車前往小兔家，我都不停地說著新學期的新消息，而穿著印花洋裝的小兔，只是微笑地看著我。

我不禁想著我們兩個現在的處境——滔滔不絕，臉上泛著興奮紅暈的我，還有溫柔聆聽著的小兔。以往的小兔在人前是非常多話而爽朗的，倒是我，並不很常和班上的每個女生都保持密切往來，如果真有機會跟她們說話，也都是

十五、神的禮物

戰戰兢兢的，很少開懷大笑或者搞笑。不過現在的小兔卻像是觀眾般，接受著拼命高談闊論的我，這個場景看在同班女生的眼裡一定很怪。

管他的，不論是多話的我加上寡言的小兔，或者多話的小兔加上寡言的我，我們都很努力在做自己。

就連我說話終於說累了，試圖將眼光放遠時，都要努力避免氣氛的冷卻會帶來尷尬。我到底是用什麼樣的心情待在小兔身邊呢？贖罪的心情？迎接同班同學歸校的心情？或者，是和網友見面的心情？

我自己也不知道，哪種心情才是當下最正確的選擇，然而，這份微微的緊張感就在剛剛消失了。

因為看見了小兔的睡容，眼前這個單純而平凡的女孩，是我的同班同學貞依，也是我的網友小兔，其實就是這樣而已，沒什麼好煩惱的。

公車上，我調整著手機的FM頻道，每當接收電台的幾個句子或旋律之後，就要立刻決定是否換台，跟在瀏覽網頁一樣飛快又有效率。

雖然對我們而言，這都是老消息了，但網路殺人魔的相關議題還是持續發燒著，就連電台都可以聽到殺人魔報導的特別節目。

「目前還在蒐證的階段。但是其實從這事件的一開始，就收到非常多不具名網友的幫助，甚至有幫忙把影片解碼、然後拷貝給我們警方的……」

雖然很想瞭解殺人魔背後的調查故事，但我還是忍不住轉台了，畢竟一聽到預告殺人魔總會想起蔻蔻與戀人的死別，以及我和星藍之間的遺憾，這實在讓人無法忍受。

剛好是中午十二點整，各家大電台都在播報著嚴肅的新聞，昏沉沉的我實在難以招架，手指也不耐煩地切換頻道。

「現在為您插播一則路況，北一環快道路靠近公園路出口，有SNG車拋錨，請民眾多加注意……」

我押了押換台鈕。

「最近引起討論的植物人復甦新聞，主角正是上屆電玩國手……」

「第四屆傳統風箏藝術節即將於十月中旬開跑，活動內容十分精彩……」

「受到中颱影響，上週數所大學的室外舞會紛紛取消，業者宣稱損失千萬……」

我煩躁地結束廣播選項，選了首輕快的音樂，幻想著在公車這一扇扇高高

十五、神的禮物

的玻璃車窗下，人們或許會隨樂起舞。

雖然每天都可以看見這麼多似曾相識的人，我卻感覺不到他們的想法，只能在車體轟然經過每個路段時，瞥見那些素昧平生的表情。我們之間沒有遠端桌面可以分享，卻居住在同樣的城市中，在奇異而透明的時間點裡擦身而過。

我們都活在同一個故事裡嗎？我凝視著十字路口兩旁，那一棟棟鏡面般的水泥叢林，而公車正緩緩駛近了我們的校園。

這是座號稱有著「無死角無線網路」的「數位校園」。我所使用的是校方的宣傳字眼，彷彿「無線」這兩字會替學生與教師們帶來無盡的可能性。在校園各處都能飆網，好比自由自在的脫韁野馬，隨時都能享受著奔馳的快意，這大概就是我們不需要線的理由。

我又想起星藍，他也已經不需要線了，漫遊點看的網路世界，再也不會綁住星藍了。

我是rabbitFay，這是我在「漫遊點看」裡的名字。我們漫遊，隨處點按、恣意觀看。這個夏天，我在這個虛擬的城市談了一場戀愛，對象是被不明力量給囚禁在網路裡的白馬王子，STARblue。

星藍離開的那晚前夕，我與老弟用平和的心情穿越了這整座城市，好像這裡永遠不會再有危險，真是天真浪漫的想法。

回到房間之後，我也立即投身回到了漫遊的世界裡。首頁上已是一片歡騰，大量的影片與自創歌曲在一夜之間欣然冒出，慶賀殺人魔就地正法。

有認識的網友把當時市區電視牆的影像拍了下來，高樓底下的人們仰起頭，觀望著那些莫名其妙的SNG片段。

而在人們身後的大樓暗影之外，有著異常清澈薄透的深夜天空，就像刻意被掛好的畫布。

出現在電視牆上的那些稚嫩臉孔，由無數電子訊號所拼組而成，笑容卻是如此溫熱。

「是網路之神讓我們認識對方的。」事後，美麗的蔻蔻接受電視採訪，如此說道。

然而，如果當時星藍在那裡的話，一定也會輕輕莞爾著，抬起手來對著電視牆揮舞。

我相信總有一天，他的靈魂會像來自天際的流星般，輕盈地劃過整個城市的上空，準確地落入他的血肉之軀中。如果是這樣就好，也許他終於找到那道空隙了。

也許，他終於又有了自己的臉和身體；也許他終於可以回來了，回來我們的世界，真正地和我們一同漫遊行走。

星藍正活生生地，用自己的方式呼吸，他有了本名，而且可以像現在的我一樣，可以感受到這城市的光影變化與雨的溫度。

殺人魔事件落幕後的那幾個晚上，我總努力用上述的心情安撫自己。

而今天晚上，我聽著星藍送我的最後一首歌。

當時的我不知道那是最後一次看見他上線，但我卻早已在心中發誓著，自己絕不會忘記那一天——老弟與網友們的青澀臉孔、大雨過後的澄澈天空與在心中響起的柔美節奏藍調音樂。那是星藍送給我們這些網路素人的禮物。

夢中，我自由自在地朝星藍的爽朗聲音奔馳。

此刻，伴隨著曲中的歌聲，我想起星藍在消失前夕的一些預兆，他幾次在我跟他說話說到一半時，忽然失去回應。

第一次是我跑過大賣場時，當時我正急著找小兔，不小心闖進賣場的電玩展示區，周遭充滿了「創世紀之戰」電競遊戲的音效。還有一次，是我經過醫院走廊上轉院過來的病床時。

我試著努力回想當時的每個情形。當時，星藍究竟是聽到了什麼、想到了什麼，才會無法專注於我的聲音上？

「啊！」如閃電貫穿我的骨髓般，我從床上驚跳起來。即使現在是凌晨五點，九月的天空剛露出魚肚白的痕跡。

我坐到電腦前，雙手放在鍵盤上，回想著前幾天略過的廣播新聞。

在螢幕前鍵入關鍵字時，我從沒這麼緊張過。

現在，只需要再查證一件事……也許我就能破解網路之神的籠中縫隙了！

⧐

早晨六點的光芒，我騎著機車衝向小兔當初住院的醫院。

「請問，八月二十日有沒有一個從市立綜合醫院轉過來的病患？」我翻著手帳中的資料，對著櫃台人員詢問。「拜託，我真的很需要知道……請幫我這個小忙，我不會說是妳說的，只是想找個人而已。」

因為值夜班而沒睡的護士非常不耐煩，但抵不住我懇切的請求，她勉強打起精神操作著電腦。

「妳要問什麼？」護士問。

「他是從市立綜合醫院轉來的嗎？」我焦急的問。

「對啊！床號十二之B。」護士有點不耐煩地回答。

「這樣就可以了，太謝謝妳了！」我微笑。

踏著曙光衝向病房時，我的心情雀躍又緊繃。

市立綜合醫院，那是先前我被困在停車庫時，星藍幫我打開電梯的醫院。醫院用來控制電梯機械的，都是閉路電腦系統。唯有本身就在醫院中使用該連線系統的人，才能想辦法駭入。

也就是說，星藍的身體並不在那間醫院以外的地方，當晚，他就在市立綜合醫院。

而當我每次觸碰到那道網路之神的縫隙時，例如：無意間讓聽見星藍他熟悉的電競遊戲聲，或者親口將自己的聲音傳進他耳朵時……

當時，轉院與我擦身而過的那位年輕病患，就是星藍。

本名「辛一嵐」，「創世紀之戰」的前電競國手。根據我查到的舊新聞，辛一嵐在網咖中與朋友比拼，被仇家從後方打向頭部，從此昏迷不醒。據說他即使被送去醫院時，手中都牢牢握住滑鼠，彷彿心神已在瞬間逃入螢幕中的世界。

我一直都相信靈魂轉移，而當時全神貫注在上網的那名男孩即使自己突然被攻擊，成了植物人，都始終保持著快樂的心智……

因為他躲進了網路世界，卻也因此被囚禁其中。

直到有人打破了籠中的那道縫隙……

「十二樓，電梯已抵達。」機械的女聲廣播提醒著，電梯門一開時，我筆直衝到病房。

氣喘吁吁的我，盯著門外的住院病患卡發呆。

上頭寫著星藍的真正名字——辛一嵐。

我正猶豫著該不該打開門，門卻自己打開了，一個容貌操勞的中年婦人正推門出來，她滿臉狐疑地看著我，手中拿著水壺。

「不好意思，……我……」我從未演練過這種狀況，只能直話直說。「我是妳兒子的朋友，先前很要好的朋友……」

十五、神的禮物

「不，他母親不在，我是看護的人，既然你們認識，就請進吧！」她苦笑，往旁讓步。

我也毫不猶豫地奔入病房。

病房上的年輕男孩睡意朦朧，卻在晨光中努力睜大著眼睛，他望著我的模樣，像是在辨認著什麼。

而我也終於看清楚他的每個表情，真真實實，不被隔離在螢幕後頭，而是任憑我直接細讀的真實表情。

他有著好看的眉眼，濃黑的頭髮感覺最近才修剪過，身上穿著病人袍，聰慧的雙眸卻閃爍著靈氣。

我感覺時間凍結在這一刻，任憑窗外的金色晨光，將自己染成靜止不動的影子。

初秋空氣中，樹葉彼此摩擦著，發出世界上最美妙的聲音。

「小緋。」病床上的他，毫不猶豫地叫出我的名字，甚至撐著手坐起身。

我衝進星藍懷裡，緊緊地擁抱他。

就像這個夏天開始時，我一直想做的那樣……

「小緋……謝謝妳，我還在想……或許過去的一切只是一場夢，可是一覺醒來，這世界卻的確是我夢見的那樣——網路殺人魔、漫遊點看……一切都存在。唯獨就是妳……我一直沒辦法去找妳……」星藍清澈的聲音，跟我從電腦與手機喇叭聽過的，一模一樣，甚至更富有層次。

我摟住星藍的脖子，眼淚也沾濕了他的後領。

「我努力想回網路上找妳，但手指還在復健，根本沒辦法很靈活地打字。醫生也說網路對此刻的我負擔太大，禁止我碰電腦……」

「沒關係，沒關係，那些都不重要了，我在這裡……」我柔聲回答。

我們之間不需要任何網路線，也不需要遠端視窗、視訊的迷你鏡頭或麥克風。

再也不需要了。

我輕輕吻了星藍的額頭一下。他比方才更激動地抓住我的肩膀。

「哈，你這麼有力氣，復健之路一定不會很遠。」我打趣道。

「如果我能幸運地有妳陪著我，就不會很遠了……」星藍眼中滿是愧疚與不安。「對不起，我知道我很不正常，又會拖累妳……而這整件事對妳而言一點也不公平，所以妳……」

「不要講了。」我坦然笑道：「世界上沒有比花一個暑假就遇見你，更公平的事情了！」

雖然已經九月了，但對我而言，夏天似乎又重新開始了一次。

我的夏日戀情，正式邁入初秋了，世界上還有什麼比這更公平的事呢？握住星藍的手掌時，我給他一個準備很久的甜蜜笑容。

我笑得像是行走在夏日甜蜜陣雨的女孩般，自由自在，就跟此刻的星藍一樣。

那麼網路之神呢？也許祂真的存在，親手促成了這個故事也不一定。但唯有星藍，才讓我有勇氣去消滅虛擬與真實的那道縫隙。

這，才是真正的活著。

我可以想像，不久的未來，我們輕盈漫步在街上的模樣。

「至於網路這種東西，暫時不碰也無所謂了。」我笑著對星藍說。

—END—

培育文化 奇幻魔法 26

ID戀人：危險戀愛事件

作者　夏嵐
責任編輯　林秀如
美術編輯　林鈺恆
封面設計　青姚

出版者　培育文化事業有限公司
信箱　yungjiuh@ms45.hinet.net
地址　新北市汐止區大同路3段194號9樓之1
電話　（02）8647-3663
傳真　（02）8674-3660
劃撥帳號　18669219
CVS代理　美璟文化有限公司
TEL／(02)27239968
FAX／(02)27239668

總經銷：永續圖書有限公司

法律顧問　方圓法律事務所　涂成樞律師
出版日期　2019年2月

國家圖書館出版品預行編目資料

ID戀人 : 危險戀愛事件 / 夏嵐著. -- 初版.
-- 新北市 : 培育文化, 民108.01
面 ; 　公分. -- (奇幻魔法 ; 26)
ISBN 978-986-96976-4-4(平裝)

859.6　　107020202

※為保障您的權益，每一項資料請務必確實填寫，謝謝！

姓名		性別	□男　□女
生日	年　月　日	年齡	
住宅地址	郵遞區號□□□		
行動電話		E-mail	

學歷

□國小　□國中　□高中、高職　□專科、大學以上　□其他______

職業

□學生　□軍　□公　□教　□工　□商　□金融業

□資訊業　□服務業　□傳播業　□出版業　□自由業　□其他______

謝謝您購買 **ID戀人：危險戀愛事件** 與我們一起分享讀完本書後的心得。務必留下您的基本資料及電子信箱，使用我們準備的免郵回函寄回，我們每月將抽出一百名回函讀者，寄出精美禮物以及享有生日當月購書優惠！想知道更多更即時的消息，歡迎加入“永續圖書粉絲團”

您也可以使用以下傳真電話或是掃描圖檔寄回本公司電子信箱，謝謝！

傳真電話：（02）8647-3660　電子信箱：　yungjiuh@ms45.hinet.net

●請針對下列各項目為本書打分數，由高至低5～1分。

	5 4 3 2 1		5 4 3 2 1
1.內容題材	□□□□□	2.編排設計	□□□□□
3.封面設計	□□□□□	4.文字品質	□□□□□
5.圖片品質	□□□□□	6.裝訂印刷	□□□□□

●您購買此書的地點及店名______

●您為何會購買本書？

□被文案吸引　□喜歡封面設計　□親友推薦　□喜歡作者

□網站介紹　□其他______

●您認為什麼因素會影響您購買書籍的慾望？

□價格，並且合理定價是______　□內容文字有足夠吸引力

□作者的知名度　□是否為暢銷書籍　□封面設計、插、漫畫

●請寫下您對編輯部的期望及建議：

2 2 1 - 0 3

新北市汐止區大同路三段194號9樓之1

傳真電話：（02）8647-3660

E-mail：yungjiuh@ms45.hinet.net

廣 告 回 信
基隆郵局登記證
基隆廣字第200132號

培育

文化事業有限公司

讀者專用回函

ID戀人：危險戀愛事件

培養文化育智心靈的好選擇